KB095219

떠도는 구름
저 바람 따라

떠도는 구름
저 바람 따라

박한식 지음

좋은땅

머리글

이 책은 크게 3개의 단원으로 나누어 집필했습니다.
1부에서는 작가가 유소년 시절에 경험했던
일상의 소소한 일들을 모아 놓은 추억담입니다.
동 시대를 살았던 사람이라면 누구나
"그때는 참 그런 시절이었어."라며 고개를 끄덕일 만큼
공감대를 불러일으킬 수 있는 사연들로 꾸몄습니다.
읽어가는 동안 어릴 적 향수에 젖지 않을까.
기대됩니다.

2부에서는 작가의 이력과 가족사에 얽힌 내용으로
작가가 한평생 어떻게 살았는지를
가감 없는 내용으로 진솔하게 표현했습니다.
남들에게 내보이고 싶지 않은
치부를 들어내는 일이라
다소 창피하다는 생각이 들기도 해
한때는 망설인 적도 있으나
많은 용기가 필요했습니다.

따라서 2부와 3부를 읽어 보지 않고서는
작가의 인성과 그의 삶에 대해
따따부따 할 자격이 없을 뿐만 아니라
감히 작가를 안다고 말하지 마라.
이 말씀을 드리고 싶습니다.

3부는 작가가 평생 동안 살면서 터득한
지혜나 사상 그리고 철학 등을
형식에 구애 받지 않고 생각나는 대로
써내려간 것입니다.
다만 젊어 이후 책을 가까이 해 본 적이 없는 데다
누구의 조력도 받지 않고 집필한 것이라
문법이나 내용의 기승전결이 매끄럽지 못해
독자들이 이해하는 데 헷갈리지 않을까
깊이 염려될 뿐입니다.

오로지 작가가 기대하는 것은
독자들이 이 책을 접하면서
새로운 어떤 지식을 얻는다기보다
앞서 말했듯 "맞아. 그때는 그랬어."라며
가벼운 마음으로 웃어넘기며 옛 추억을 되살려 보는 시간이 되어
최소한 작가와 동질감을 갖는 계기가 되어 준다면
작가로서는 대만족입니다.

차례

2부 발가벗은 나

1부

추억과 향수 사이

01

떠도는 구름 저 바람 따라

추억의 창을 수없이 넘나들며
"과연 내가 책을 낼 수 있을까?"란 질문에
고민에 고민을 거듭 했다.
맞춤법이나 띄어쓰기에 우선 자신이 없었고
앞뒤 문맥이 올바르지 않아서, 독자에게 전달하는 과정에
문제가 생기지 않을까. 하는 염려와
내용이 너무 조잡하고 유치하다는 소리를 들으면 어쩌지. 하는 등등
원고를 쓰는 동안 이런저런 걱정이 혼재되어
계속 나를 괴롭혔다.
학창 시절을 제외하고는, 일기 쓰는 일은 고사하고
잡서조차 제대로 접해 본 적이 없기 때문이다.
그랬던 내가 책을 내겠다니
지나가던 소가 웃을 일이 아닌가.

평생을 추진력 달랑 하나 가지고 살아온 나다.
그로 인해 실패도 많이 했고 돈도 많이 날렸다.

그런 내가 이제 와서 두려울 것이 뭐 있겠나.
무식한 자가 용감하다는 옛 속담도 있다.
이런 생각에 일단 시작했으니 끝을 봐야겠다는 배짱이 생겼다.
글쟁이들처럼 문장이 세련되지 못한들
무엇이 문제겠나.
오히려 당연한 것 아닌가.
농부의 거칠고 투박한 손바닥처럼
다듬어지지 않은 서툰 솜씨지만
창피 당하지 않으려고 한 획 한 구절마다 정성을 다했다.

무엇보다도 가장 큰 걱정은
제목을 무엇으로 하느냐였다.
원고가 거의 완성될 무렵까지
책머리에 올릴 제목을 정하지 못하였기 때문이다.
하지만 나의 그런 걱정은 괜한 기우에 그쳤다.
예를 들어 대목이 집을 지을 때처럼
먼저 터를 닦고 기둥을 세운 다음에
그에 걸맞는 대들보를 올리는 것이 순서인데
나는 터도 닦지 않은 상태에서
대들보 올릴 걱정부터 한 것이다.

1년 여에 걸쳐 원고를 쓰는 동안
괴이했던 경험담이나 공개할 만한 소잿거리를 찾아

과거 행적을 이리저리 들쑤시고 다녔다.
아주 오래된 기억 속 시공간을 수없이 넘나들다보니
어느덧 메모리 된 재고는 거의 소진 되었고
탈고를 목전에 두고 있을 때였다.
다행스럽게도 그때서야 이 책머리에 올릴 제목이
생각난 것이다.
책의 내용이 함축적으로 담겨진 제목이라
더욱 마음에 들었다.
이름 하여 "떠도는 구름, 저 바람 따라"이다.
그간의 큰 고민이 해결되어 마음이 한결 홀가분했다.
무엇보다도 책의 내용과 맥을 같이하는 제목이라 좋았다.
한곳에 안주하지 못한 채
한평생 떠돌이처럼 살아온 작가의 인생이
제목과 너무나도 많이 닮아 있기 때문이다.
말하자면 기나긴 세월을 지나
칠십 령 고갯마루에 올라 서 있는 지금도
한곳에 안주하지 못한 채 아직도 어딘가를 헤매고 있다는 뜻이다.
또 다른 의미로는 이제는 모든 것으로부터 해방되어
구름처럼 떠돌며 자유분방(自由分房)한 삶을 누리고 있다는 뜻으로도
해석할 수 있다.

"저 바람 따라 떠도는 구름"이 올바른 표기이기는 하지만
저자는 일부러 도치법을 사용했다.

바람은 세상이며 인간의 힘으로 어쩌지 못하는
거대한 운명이나 팔자일 수도 있다.
어쩌면 생을 다하는 그날까지 마주해야만 하는 그 무엇이며
내가 아닌 인생사의 모든 것이라 해도 좋다.
그러나 그가 없이는 한 발짝도 움직이지 못하는 것이 구름이며
바로 그 구름이 나약한 내 자신인 것이다.
그렇다 하더라도 기왕이면 내 자신이 주어가 되고 싶었다.
대시 말해, 바람에 밀려다니는 피동적 인생이 아니라
바람을 몰고다닌다는 적극적 표현법이 맘에 들었던 것이다.

누구라 한들 지난 세월 고생하지 않고
마음먹은 대로 편안하게만 살아온 사람 있겠냐만
특히 저자와 함께 태어난 1950년대생들은
어머니 배 속에 잉태할 때부터
가난이란 낙인이 찍혀 있는 몸으로 이 세상에 태어났다.
그것은 그들이 끌어안고 살아가야 할
피할 수 없는 시대적 비극이자 운명이었다.
그 원인과 이유에 대해서는
앞으로 다루어야 할 다른 단원에서
깊이 있게 논해 보기로 한다.
한 편의 드라마처럼 희극과 비극 사이를
수없이 넘나들며 살아온 세월이었기에
돈이 되는 것이라면 무엇이든지

망설이지 않고 달려들었다.
불 속에 뛰어드는 불나방처럼 말이다.
한 가정의 가장으로서 처자식을 부양해야 한다는 책임감에
항상 백척간두(百尺竿頭)에 서 있는 심정으로
한평생을 숨가쁘게 살아온 인생이다.
징그럽게도 따라붙는 가난이란 넝마를 벗어 보려고
손톱이 닳아서 피가 나도록 고된 일을 해 가며
참고 이겨 낸 세월이다.
그렇다고 고달픈 인생만이 삶의 전부는 아니었다.
그 속에서도 한때는 잊지 못할 아름다운 추억과 낭만이
꽃피웠던 시절도 있었다.
아스라이 멀어져 간 옛 추억의 파편들을 하나씩 모아서
자별한 벗과 함께 마시는 술상 위에 올려놓으면
이보다 더 좋은 안줏거리가 또 있을까.
그들을 원고지에 하나둘 옮겨 써내려간 것이
결국 이 책을 발간하게 된 동기이기도 하다.

살아생전 인생에는 쉼표가 없는 것일까?
아니면 아직도 마음을 비우지 못한 탓일까.
칠십 령 고갯마루에 올라서서
내 모습처럼 저물어가고 있는 석양을 바라보니
이제 모든 것을 내려놓고 편히 쉬어야겠다는 생각도 든다.
하지만 그 무엇에 홀린 것일까.

길 잃은 유랑자처럼 저 바람에 실려 아직도 떠돌고 있는
내 꼴이 그저 안쓰럽다는 생각마저 든다.
혹자는 이와 같은 나를 두고 부럽다고까지 한다.
단 한 번밖에 없는 인생을 쓴맛 단맛 다 보고
두루 섭렵하며 살았기 때문이란다.
바라보는 시각에 따라 인생을 달리 말할 수도 있겠지만
실패라는 쓰린 경험 없이 오로지 단맛에만 취해
평생을 외길로 살아온 사람이라면
그런 낭만적인 생각도 할 수 있겠구나. 하는 생각이 들었다.
인생에 대한 작가의 생각은 이렇다.
실체가 없는 신기루를 좇아서
끝도 없는 길을 걸어가야 하는
고된 나그네 길이 아닌가. 하는 것이다.
직접 몸으로 부대끼고 세상을 읽어 가면서 얻어낸
작가의 답이다.

작가는 요즘 가까운 지인들로부터
당부의 말을 많이 받는다.
제발 그만 좀 쉬라 한다.
그러나 난 아직도 마음 한구석이 허전하다.
부족한 무언가에 심한 갈증을 느끼며
그 빈곳을 채우려 하고 있다.
이 글을 쓰는 이유도 바로 그 때문이다.

아등바등하며 질경이처럼 끈질기게 살았던
그 생생한 기억속의 역사를
누에가 제 몸속에서 실을 뽑아 자신의 삶을 완성해 가듯
하나둘 발췌해서 수필로 또는 시의 언어로 토해 낸 것이
바로 이 책이다.

02

내 고향 벗말

내가 태어나고 유소년 시절을 보낸 내 고향 벗말
그 곳에서 뛰어놀던 내 자화상을 그려 본다.
먹을 것이 없어 영양실조에 걸려 얼굴에 마른버짐이 피고
복수에는 회충과 같은 기생충들로 가득 차 있어서
배만 뽈록하게 튀어나왔던 시절이다.
아프리카의 가난한 어느 나라 아이처럼 말이다.
어느 날인가 학교에서 지급된 회충약을 먹고
다음 날 아침 대변을 보는데
죽은 회충들끼리 야구공처럼 똘똘 뭉쳐
항문을 막고 있었기 때문에 변이 나오지 않았다.
꼬챙이로 죽은 회충들을 후벼 파내고서야 겨우 대변을 본 적이 있다.
먹거리가 부족했던 시절에 영양가는 모두 그 회충들에게
빼앗겨서 일어났던 촌극이다.
주변 환경이 청결하지 못한 원인도 있었지만
회충약마저 구하기 어려웠던 시절이었다.
그것뿐이랴.

검정 고무신과 양말 하나로 기나긴 겨울을 나야 했다.
혹한 추위에 발가락은 동상에 걸렸고
따뜻한 내의 한 벌 제대로 입어 보지 못해
겨울이면 항상 감기를 달고 살았다.
찐득한 누런 콧물이 입술까지 길게 흘러내리면
훌쩍거리다 결국 목구멍으로 삼켜 버린 적이 한두 번이 아니다.
왜 그렇게 콧물이 많았던지
옷소매 끝에 코를 대고 수시로 콧물을 닦아냈다.
겨울 내내 그런 식으로 콧물을 닦다 보니
옷소매 위는 풀칠해서 말린 것처럼 빤질빤질해졌고
딱지가 앉은 것처럼 뻣뻣해졌다.
당시 우리나라는 전쟁을 치룬지 얼마 되지 않아서
국제 구호물자로 겨우 목숨만 부지하며 살아가던
아시아 최빈국이었다.
지금의 에티오피아나 필리핀의 원조를 받고 살던 시대다.
치부를 들어내는 일이라 창피한 일이기도 하지만
그 시절 시골에서 자라던 아이들은 거의 다가 그랬다.
아이러니하게도 그 시절이 뭐가 그리 좋은지
요즘 옛 친구들과 어울려 술상이라도 벌리면
향수라는 강력한 구심력에 이끌려
아련한 추억 속으로 블랙홀처럼 빨려 들어가고 만다.
참으로 알 수 없는 일이다.

자 그럼 그때 그 시절 1950년대로 돌아가 보자.
내 고향은 충천남도 가야곡면 목곡리 2구 25번지
벗말이라는 동래다.
그곳은 내가 태어나고 자란 가운데 뜸과
북쪽 산자락에 위치한 새뜸 그리고 감나무가 많은 감나무뜸
이렇게 세 구역으로 나뉘어 있다.
가운데뜸은 글자 그대로 들판 한가운데에 있었는데
농지 정리하는 과정에서 모두 논으로 편입되어
마을 전체가 사라졌다.
성묘차 가끔 고향을 방문하면
내가 태어난 집과 마을이 모두 논으로 변해
흔적조차 찾을 길이 없어
왠지 쓸쓸하다.

03

맹기릿재와 인내장

칠십 령 고개를 넘어선 내가 이따금 고향에 방문이라도 하면
갈마산 줄기에 있는 맹기릿재를 바라보며
아직도 그 옛날 어렸던 시절 추억에 잠기곤 한다.
맹기릿재란 이름에서도 고향 산천을 닮아서일까
왠지 아늑하고 따뜻한 정을 느끼게 한다.
지명의 유래를 살펴보면
그냥 우연히 붙여진 이름이 아니다.
나름의 역사적 스토리나 혹은 그 지형과 닮아 있는 동물이나
사물의 형태와 무관하지 않다.

내 고향 벗말(목곡리)에서 인내장(양촌장)에 가려면
국굴(함정리) 뒤에 있는 갈마산을 반드시 넘어야 한다.
그 재 이름이 바로 맹기릿재라는 것이다.
산만 넘으면 인내장이 곳장 나오는 것도 아니다.
화천이라는 동래에서 나룻배를 타고 실강(논산천)을 건너
장장 20여 리를 걸어야 하는 길이다.

그야말로 산 넘고 강을 건너야만 장을 보러 갈 수 있는 것이다.
그 맹기릿재 산마루에는 커다란 당산나무 한 그루가 있고
오가는 사람들이 소원을 빌며 한두 개 주어다 쌓은
큼지막한 돌무덤도 있다.
소위 성황당이라는 곳이다.
그 당산나무는 10여 리 멀리 떨어진 곳에서도
쉽게 보일만큼 높고 크게 자랐으며
한마디로 위풍당당(威風堂堂)한 나무다.

간혹 그 나무 밑둥에 신줄이 처지고
볏짚 위에 제를 올린 시루떡이 정갈하게 놓여 있을 때도 있다.
주변 마을에 사는 무당이나 농민들이 소원을 빌거나
기우제를 지내고 남겨놓은 것들이다.
그 시절에는 지금처럼 수리 시설이 제대로 갖추어져 있지 않아서
가뭄이 들면 농사를 지을 수가 없었다.
오로지 하늘에서 내리는 빗물에 의지해서만
농사를 지었기 때문에 비가 오지 않으면
그때마다 거주민들이 가장 신성시 여기는 곳에서
비 좀 내리게 해 달라고 하늘에 제를 지냈다.
이름 하여 기우제라는 것이다.
이와 같이 천신에게 소원을 비는 성황당은
전국 어디에서나 흔히 볼 수 있으며
토속 신앙의 일부에 속하는 것이라 여겨도 무방하다.

재를 넘는 나무꾼이나 장사꾼은 물론
그 외 누구나 다 그 당상나무 그늘 아래서
잠시 땀을 식히며 쉬어가는 곳이기도 하다.
그런데 언제부터인가 맹기릿재에 있던
그 당상나무가 베어져 없어진 것이다.
무언가 소중한 것을 잃어버린 듯한 기분이 들었다.
최근에는 재를 넘지 않고 돌아가도 되는 포장도로가 나 있고
편리한 이동수단인 자가용들이 많기 때문에
굳이 힘들게 재를 넘지 않아도 된다.
어쩌면 장에 갈 때 내가 넘던 맹기릿재 길도
그와 함께 사라졌을지도 모르겠다.
본래 길이란 필요할 때 생겨났다.
사람들의 발길이 잦아들면 자연적으로 소멸하는 것으로
세상 이치와 같다 하겠다.

당시 우리 집은 방 안 제사가 많아서
자주 장을 봐야 했다.
그때마다 어머니는 나를 데리고 장을 보러 다니셨는데
어렸을 때 넘던 그 맹기릿재는 왜 그토록 높고 힘들었던지
장으로 가는 길은 멀고 아득하기만 했다.
장에 가면 어머니가 꼭 사주시는 장터 국밥이
어찌나 맛이 있었던지.
지금도 그 생각만 하면 입안에 침이 고인다.

그 국밥 한 끼 먹는 재미로 싫다는 내색 안 하고
항상 어머니를 따라 장에 다녔다.
어린 내 눈에 보이는 장의 풍경은
모든 것들이 새롭고 신기하기만 했다.
북적거리며 오가는 많은 사람들
임시 천막에서 고무신이나 비단 포목을 파는 사람들
임시로 만든 선술집에서 막걸리 마시고
술에 취해 흥청거리며 싸우는 사람들
장이 설 때마다 감초처럼 빠지지 않는 뻥튀기 아저씨와 뱀장수
이곳저곳 구경하다 보면 어느새 해가 저물었다.
왕복 40여 리 길을 걸어서 집에 도착하면
이미 해는 지고 어둠이 내려앉았다.
나는 너무 힘든 나머지 방에 들어가 퍼져 있으면
어머니께서는 쉴 틈도 없이 이내 저녁 식사 준비를 하셨다.

지금도 간혹 무기력할 때마다
대전 유성장이나 신탄진 장을 구경 삼아 가 보는데
코끝에 스치는 야릇한 냄새가 어릴 적 향수랄까
사람 사는 생기와 활기를 맛보게 해 준다.
기회가 주어진다면 어릴 적 그 맹기릿재를
추억삼아 다시 한번 넘어 보고 싶다.
이 세상에서 가장 많이 나를 아끼고 끔찍히 사랑해 주셨던
우리 어머니를 생각하면서….

04

키와 오줌싸개

창피한 일이지만 나는 일곱 살이 될 때까지 오줌을 가리지 못했다.

자고 나면 요에 세계지도를 그려놓곤 했다.

어머니 나이 마흔에 나를 낳았고 늦둥이 막내였다.

오냐오냐하며 키워서 그랬는지

초등학교에 들어갈 나이가 되도록

어머니 젖을 만지며 잠들곤 했다.

한번은 그날 아침에도 오줌을 지렸는데

어머니는 나에게 키(위 아래로 세게 휘저어 바람을 일으켜서

알맹이와 껍질을 분리해 내는 농기구)를 내주시며

급히 뒷집 아주머니에게 가서

소금을 조금 얻어오라는 것이었다.

나는 방금 잠에서 깨어난지라 비몽사몽 간이었고

영문도 모른 채 뒷집으로 향했다.

알다시피 아주머니는 키를 머리에 뒤집어쓰라 하셨고

그 위에 소금을 뿌리면서

부주깽이(아궁이에 불을 피울 때 쓰이는 작대기)로

키를 너댓 번 두들기며 크게 말했다.

"꿔줄 소금 없으니 오줌싸개 짓 그만하고, 나중에 오거라."

하시는 거였다.

그러자 방문이 열렸다.

평소 나를 형이라고 부르며 따르던

동생뻘 되는 아이가

"얼레리 꼴레리~ 갑철이 형은 오줌싸개래요."라며

나를 마구 놀려대는 것이 아닌가.

아뿔싸!

당했구나 싶었지만 때는 이미 늦었다.

팬티바람이었다는 것도 그제서야 알았다.

얼마나 창피했던지 쥐구멍이라도 있으면 들어가 숨고 싶었다.

영원히 내편이라고 믿었던 엄마가

나를 이토록 배신할 수가 있을까.

엄마가 몹시 미우며 화가 났다.

그 사건은 오래도록 잊혀지지 않았고

마음속에 깊은 상처로 오래 남았다.

옛날에는 이런 방법을 통해

아이의 오줌싸개를 면하게 했다 한다.

효험이 있었던지 이후

나도 오줌싸개 신세를 면했던 것으로 기억한다.

05

귀신이 나타났다

칠흑같이 어둡고 기나긴 겨울밤
등잔불 밑에서 화롯불에 고구마를 구워 먹으며
누나가 들려주는 귀신 이야기에
밤이 깊어 가는 줄 몰랐던 때가 있다.
이야기가 클라이맥스(climax)에 접어들고
귀신이 사람을 잡아먹는 대목에 이르러서는
솔깃해 하면서도 너무 무서운 나머지
침을 꿀꺽 삼켰다.
불어오는 바람결에 문풍지 우는 소리에도
깜짝 놀라 오금이 저리곤 했던 것이다.

어느 날인가 그날 밤에도 귀신 이야기를 듣고 있었다.
아까부터 마렵던 대변이 더 이상 참을 수 없는 상황에 이르렀다.
시골집 똥토칸(화장실)은 대부분
안방이나 부엌에서 멀리 떨어져 있는 곳,
마당 한구석에 있다.

캄캄한 밤에 귀신 이야기를 듣다 말고 그곳을 가려니
너무 무서운 나머지 혼자서는 도저히 갈수 없어서
함께 가자고 누나에게 부탁을 했고
다행히 누나가 동행해 줬다.
일을 한참 보고 있는 중에
장난기가 발동한 누나가 갑자기
"귀신이다."라고 크게 소리치며
방으로 뛰어가는 척했다.
나는 소스라치게 놀라 밑 닦는 것은 고사하고
바짓가랑이도 제대로 올리지 못한 채
울면서 황급히 뒷간을 뛰쳐나온 적이 있다.
울면서 엉거주춤하고 서 있는 내 모습이 꽤나 즐거웠던지
누나는 한참 동안 갈깔대고 웃는 것이었다.
그토록 무서워하면서도 밤이 오면
또 귀신 얘기해 달라며 누나를 졸라대곤 했다.
그렇게 한동안 누나의 이야기 속에
흠뻑 빠져 지낸 적이 있다.
그 시절 시골에는 만화책이나 라디오 텔레비전 같은
아이들이 즐길 수 있는 저녁 문화가 전무 했다.
다행스럽게도 우리 누나는 시집이나 소설책 등을
주변에 살고 있는 친구들한테서 빌려다 보았고
그 때문에 동생인 나에게 들려줄 이야기 소잿거리가 많았던 것이다.

정보문화가 발달한 요즘 같은 대명천지(大明天地)에
도깨비나 귀신이 있다고 하면
혀를 차고 웃을 일이다.
다만 아이들을 위한 영화나 만화책에서만
흥미 유발 소재로 종종 다루어지고 있는 것 같다.
그 시절 나는 너무 어려서였는지 아니면 미숙했던 것인지
그것도 아니면 멍청했던 건지
실감나게 얘기해 주던 누나의 귀신 이야기를
정말이라고 믿었던 것이다.
그래서 더더욱 재미있었지 않았나 생각된다.
누나가 들려주던 옛날 옛적 이야기 속으로
점점 깊숙이 빠져들었던 그 시절
그때가 그립다.

06

도깨비를 만나다

부진부진(부슬부슬) 가랑비가 내리는 밤이면

갈마산 밑자락에 있는 동래 남촌(함적리)에서부터

도깨비란 놈이 시퍼런 불을 켜고 슬슬 움직이기 시작한다.

앞 동래 장사래를 거처 옆 동래 국굴(함적리)을 향해

천천히 이동하는 동안

그 도깨비불은 커졌다 작아졌다를 반복한다.

그러다가 갑자기 여러 개로 나뉘어졌다

다시 하나로 뭉친다.

때로는 잠시 없어졌다가 크게 되살아나

껑충껑충 뛰는 장면을 연출한다.

이렇게 변화무쌍한 도깨비불을

어린 시절 나는 누나와 함께 어려 번 목격했다.

공교롭게도 비오는 날에 도깨비가 자주 나타난다.

그런 밤이면 너무나 무서워 문고리를 잠그고

이불을 얼굴까지 푹 뒤집어쓰고서 잠이 들곤 했다.

처음에는 사람이 아닌가, 하는 생각도 해 보았다.

그러나 위에서 밝인 바와 같이
사람이라기에는 설명할 수 없는 황당한 부분이 너무 많았다.
예를 들어, 불이 순식간에 100미터쯤 훽 날아간다거나
여러 갈래로 나뉘어졌다 갑자기 하나로 뭉치는 등은
사람이 할 수 있는 능력의 범위를 벗어났기 때문이다.
처음에는 겁도 나고 무섭기도 했지만
그런 일을 자주 목격하다 보니 이후에는
도대체 도깨비란 놈은 어떻게 생겼을까? 하는
호기심이 발동하기 시작했다.
그 정체가 무엇인지, 확실하게 확인하고 싶었던 것이다.
한번은 강한 호기심에 이끌려
무모하게도 아주 가까이 접근해 본적이 있다.
어린 애가 대담하게도 어떻게 그런 당돌한 행동을 했는지
어른이 된 지금도 내 자신을 잘 모르겠다.
그날 밤에도 비는 부진부진 내리고 있었고
도깨비는 이전과 같은 방향으로 이동하고 있었다.
나는 그 중간쯤에 있는 뚝방 뒤편에 미리 숨어서
도깨비가 오기를 기다리고 있었다.
마침 뚝방 건너에 있는 물둠벙에서
도깨비란 놈이 시퍼런 불을 환하게 밝히고
둠벙 주위를 돌며 춤을 추고 있는 것이 아닌가.
그 불빛에 의해 내가 있는 곳도 어느 정도는 환했다.
바로 이때다 싶어

나는 뚝방 위로 살금살금 기어 올라가
그 불을 보는 순간
그 환하던 도깨비불이 갑자기 꺼져 버렸다.
칠흑같이 어두운 밤이라 나는 두 눈을 뜨고 있으면서도
전혀 앞을 볼 수 없는 맹인과 같이 앞이 캄캄했다.
한순간 너무 놀라 쇼크당한 사람처럼
멍한 상태로 꼼짝 못 하고 있었다.
이후 어떻게 집에 왔는지는 전혀 기억이 없다.
아마 혼이 빠져나갔던 것 아닌가 생각된다.
이것은 거짓말 같은 실화다.
지금도 그날 밤 기억이 생생하며
그 정체가 과연 무엇이었을까?
내가 직접 체험한 일이었지만
시퍼런 불 빛 외에는 아무것도 볼 수가 없었다.
참으로 불가사의(不可思議)한 일이었다.

일부 사람들은 도깨비불이
죽은 사람의 뼈에서 나오는 인이라고 말한다.
그 인은 습기를 먹거나 특히 비가 내리면 자체 발광한다는 것이다.
나도 그 말에는 인정한다.
뼈에서 발광하는 인을 직접 본 적이 있기 때문이다.
그러나 그 불이 인이라고 하기엔
설명할 수 없는 부분이 너무나 많다.

나는 어려서부터 호기심이 발동하면

그냥 참지 못했다.

이 사건 외에도 어린 나이에 도발적인 행동으로

끝내 일을 저질렀던 사례가 여러 번 있었고

그 결과로 어머니로부터 회초리도 많이 맞았다.

또한 그로 인한 손해배상도 상대방에게 여러 번 해 준 적 있다.

타고난 성격이라 어쩔 수 없는 것 같다.

07

장독대와 꽃밭

봄비가 촉촉이 내리는 어느 날
뒤곁(집 뒤에 자리한 작은 공간) 장독대 옆 자리에
누나와 함께 작은 화단을 만들었다.
거기에는 채송화, 봉선화, 나리꽃, 꽈리꽃, 등
이웃 마을에 살고 있는 누나 친구들 집에서
꽃들을 한두 포기씩 얻어다 심었다.
당시 대부분의 집 화단에
빠지지 않고 등장하는 꽃들 중에는
채송화나 봉선화가 거의 주류를 이루었다.
우리 집 화단에 심은 꽃들도 그들과 별로 다르지 않았다.

봉선화 꽃이 활짝 필 무렵에는
누나가 봉선화 꽃잎으로
자신은 물론 어머니와 내 손톱에도
연분홍색 꽃물을 들여 주었다.
매년 빠지지 않는 연중행사처럼 말이다.

그 방법으로는 봉선화 꽃잎을 한 주먹 따서
도고통(굵은 씨앗이나 딱딱한 것들을
잘게 부수는 절구통)에 넣는다.
그리고 약간의 소금을 뿌린 다음
도곳대(절구대)로 짓이겨 으깬다.
그것을 손톱 위에 조금씩 올려놓고
봉선화 잎사귀로 감싸, 실로 묶은 다음 하룻밤을 지낸다.
그런 방법으로 손톱에 예쁜 꽃물을 들이는 것이다.
그렇게 하면 손톱에서 꽃물이 쉽게 빠지지 않고
오래도록 유지되었다.

봄비 맞아가며 누나와 함께
화단을 만들고 가꾸는 과정이
어린 나에게 너무나 즐거웠고
잊지 못할 그리운 추억이 되었다.

08

토끼몰이

눈이 하얗게 내린 거울이면

마을 청년들과 어린 꼬마들이 함께 토끼몰이를 간다.

눈 위에 토끼 발자국이 나 있어서

대강이나마 토끼의 행적을 짐작할 수 있기 때문이다.

감나무뜸(목곡리 2구) 뒷산으로 올라가서

토끼가 잘 다니는 길목에 그물을 치고

그쪽 방향으로 토끼를 몰아가는 방법이다.

동래 청년들이 모두 동원되고

어린 꼬마들도 한몫 거드는데

토끼란 놈이 워낙 약아서

생각처럼 쉽게 걸려들지 않는다.

겨우 한두 마리가 고작이다.

꿩 잡는 방법으로는

콩에 작은 홈을 파서

그 속에 싸이나(독성이 강한 화공약품)를 넣고

초로 밀봉한다.

꿩이 잘 노니는 곳에

그 콩을 열댓 개씩 뿌려 두면

그것을 먹고 내장이 상해서

멀리 못 가고 근처 주변에서 죽는다.

싸이나는 워낙 맹독성 약품이라

상한 내장은 버리고 몸통만 요리해 먹는 것이다.

운이 좋은 날에는 두세 마리도 노획할 수 있다.

마을에는 청년들이 모여서 가마니도 짜고

산내끼도 꼬고 하는

청년들만을 위한 아지트가 따로 있다.

잡아온 토끼와 꿩은 그곳에서

대형 가마솥에 넣고 한꺼번에 삶아 낸다.

사냥에 가담한 인원에 비해

전리품이 워낙 적은지라

무우를 잔뜩 썰어 넣고 양을 부풀려 보지만

허기진 청년들의 배 속을 채우기에는

턱 없이 부족하다.

가담한 꼬마들에게까지 그 보상이 돌아갈 리 만무하다.

방에 들어가지도 못하고

아지트 문 밖에서 추위에 떨며

혹시나 우리에게 돌아오는 게 없나 하고

침을 삼키며 기다리고 있노라면
그 모습을 본 청년들이 안쓰러웠던지
"추운데 여기 서 있지 말고 어서 집에들 가."
"너희들 몫은 더 이상 없어." 하며
뼈다귀 한 점씩 집어준다.
나를 비롯한 우리 꼬맹이들은
무슨 횡재나 한 듯
얼른 받아 먹고 집으로 향했던 기억이 있다.
토끼몰이에 고무신은 벗겨지고
양말은 눈에 젖어 발이 꽁꽁 얼어버리 상태인데도
발 시려운 줄 몰랐던 시절이다.

그 당시에는 너 나 할 것 없이 방 안 제사나 있어야
겨우 고기 맛을 볼 수 있을 정도로 삶이 팍팍했다.
대다수 아이들은 영양 부족으로
얼굴에 마른버짐이 피고 머리에 허연 도장병이 돌았다.
단백질 섭취가 절실히 요구되던 시절이다.
특별한 양념도 없이 소금만 넣고 삶아낸
토끼 고기 한 점이 얼마나 맛이 있던지
요즘 식당에서 사먹는 고기와는
그 맛이 비길 바가 못 된다.

09

대추나무 쐐기 걸렸네

초등학교에 들어가기 전 일이다.

내게로 큰할아버지 댁이

우리 집과 멀지 않은 같은 동래에 있었다.

어린 시절, 또래 친구들과 큰할아버지 댁 앞마당에서

자주 어울려 놀았다.

그곳에서 팽이도 치고 딱지치기도 하였는데

마당이 넓어서 아이들이 놀기에 아주 좋은 장소였다.

울타리에는 감나무보다 훨씬 큰 대추나무 한 그루가 있었다.

나무 밑동을 대들보로 사용할 만큼 굵고 큰 나무였다.

야무진 사람을 일컬어

"대추나무 방망이처럼 생겼다."라고 하듯

나뭇가지가 워낙 단단해서

웬만한 힘을 가해서는 찢어지지 않아

아이들이 자주 그 나무에 올라가 놀았다.

맨 아래 가지 표피는 아이들 손때에 닳아서

반질반질할 정도였다.

해마다 빨갛게 익은 대추를 서너 포대는
넉넉히 수확할 정도로 대추도 많이 열렸다.
지면에서 가까운 쪽 대추는 큰할아버지가
대나무 장대로 다 털으시고 높은 곳은 그냥 놔두신다.
남아 있는 대추는 극성맞은 동래 아이들 차지였다.
높은 꼭대기까지 올라가서
어느새 대추는 다 털리고 만다.
재래종 대추나무는 그 덩치에 비해
잎사귀가 작고 특히 가시가 많다.
가시는 크고 날카로우며 한 번 찔리면
상처가 깊어 무척 쓰라린다.
요즘 개량된 대추나무와는 그 크기나 종이
전혀 다르다.
당시에는 나무에 약도 치지 않아 관리랄 것도 없었다.
그런 상황이다 보니 대추나무 쐐기가
말도 못할 정도로 엄청나게 많이 번식했다.
잎을 다 갉아먹고 없어지면
자기들끼리 서로 둥글둥글하게 공처럼 뭉쳐서
꾸물거리다가 일부는 땅에 떨어지기도 한다.
그 모습이 너무 징그러워 몸이 오싹할 정도다.
또한 대추나무 쐐기는 그 몸집이 아주 작은 데 비해
한번 쏘이면 따갑고 아리기가
둘째가라면 서러울 정도다.

그런 줄도 모르고 한번은 나도 대추를 털어 보겠다며
그 나무에 올라갔다가 호되게 혼쭐이 난 경험이 있다.
어릴 때라 반바지 차림에 얇고 헐렁한 런닝 셔츠 하나만
걸친 채로였다.
당시 아이들 옷차림은 다들 그랬다.
대추나무 가시와 쐐기에 대한 대비는 전혀 하지 않고
무조건 올라가고 본 것이다.
그에 대한 상식에 전혀 없었기 때문이다.
아니나 다를까.
손발 이곳저곳이 가시에 찔리고
여러 마리의 쐐기가 헐렁한 런닝구 속으로 들어가
등어리와 배 등 온몸을 기어다니며
마구 쏘아댄 것이었다.
결국 대추는 제대로 털어 보지도 못한 채
나무에서 내려왔다.
가시에 찔려 아픈 손과 발은
그나마 어느 정도 참을 수 있었으나
쐐기에 쏘인 얼굴과 온몸은
밭고랑처럼 이곳저곳 부어올랐고
따갑고 아리고 쓰라린 정도가 너무 심해서
한동안 앓아누웠다.
당시 시골에는 약국이나 병원이 없어서
상처 나거나 쏘인 곳에

어머니가 된장을 발라주는 것이 고작이었다.
쐐기에 쏘인 곳이 한두 군데라야 가라앉길 기대라도 해 보지만
온몸이 거의 다 그렇다 보니
된장의 효과도 없었다.
그때는 된장이 만병통치약이나 다름없을 정도로
아무 곳이나 널리 처방되기도 했다.
그만큼 약을 구하기 어려웠던 시절이다.
한마디로 벌집을 건드렸다 벌떼에게 당한 꼴이었다.
아무리 철부지라 해도, 준비 없이 너무 멍청한 짓을 했던 것이다.
이미 오래전, 어릴 적에 있었던 일이다.
"그러니까 어린애지."라며 위안을 삼아 본다.
하도 호되게 당한 일이라 트라우마로 남아서
오래도록 잊히지 않는 추억이 되었다.
그런 값 비싼 대가를 치른 이후에
대추나무 근처에는 얼씬도 하지 않았다.

10

철부지의 방화

어릴 때 못된 짓을 얼마나 많이 했던지
당시 동래 할머니들이 나에게 지어 준 별명이 있다.
감무쇠, 도치뿔, 쇠돌뭉치, 감찰부장, 갑철이 등
청년이 되어서 어쩌다 고향에 방문이라도 하면
그때까지 살아 계신 할머니들은
자기가 지어 준 별명을 부르며 나를 반겨 주시곤 했다.
정확한 뜻은 알 수 없으나
어휘에서 오는 느낌으로는
개구쟁이 고집불통이었음이 분명하다.
나보다 나이가 많은 동래 형들과 재미있게 놀다가도
괜히 심사가 틀리면 싸움을 걸었고
그 형이 잘못했다고 백기를 들어야만
싸움이 끝날 정도로 아주 고집이 센
아이였다고 한다.
아무튼 마을에서 나를 이길 장사가 없었다는 것이다.
초등학교에 들어가기 전 어렸을 때 일이라

기억이 별로 없긴 하지만
동래에서 말썽 많이 피우는 고집쟁이 아이였다는 것은
내 스스로도 인정하는 바다.

한번은 이웃 마을 주민이 가을에 수확한 볏단에 불을 질러
한 해 농사를 망치게 한 사건이 있었다.
추수기는 농촌에서 가장 바쁜 철이라
예나 지금이나 일손 구하기가 하늘에 별 따기다.
대부분의 농가에서는 그 추수기를 피하려고
볏단을 논두렁에 일렬로 세워 놓고
일손이 풀릴 때를 기다렸다가 농한기가 다가오면
그때 놉을 얻어 홀테에 나락을 훑는 일을 한다.

그런데 어이없게도, 논두렁에 세워둔 그 볏단에
내가 불을 지른 것이다.
아니나 다를까.
동래가 발칵 뒤집히고 난리가 났다.
화재를 입은 벼 주인은 어디서 정보를 얻었는지
내가 불 질렀다는 사실을 알고
몽둥이를 들고 우리 집에 쳐들어와서 광이나 뒷간 등
내가 숨어 있을 만한 곳을 일일이 확인하고는
나를 당장 찾아내라며
애매한 우리 어머니한테 닦달하는 것이었다.

마을 어르신들은 우리 집 담장 밖에서
무슨 구경거리나 있는 것처럼 안쪽을 바라보며
“갑철이가 또 일 저질렀는가 보구먼.” 하며
수군거렸다.
당시 상황이 바로 잡혔다가는 맞아 죽을 기세였다.
어머니는 그 사람 뒤를 따라다니면서
어떻게든 해결해 보겠다 하시며 용서를 빌었다.
당시 우리 집 허청(사랑방 외벽에 있는 빈 공간)에는
수확을 끝낸 볏짚으로 천장까지 가득 차 있었는데
나는 사건의 위중함을 미리 감지하고
그 볏짚 속에 깊이 들어가 숨어 있었던 것이다.
밖에서는 전혀 알아차릴 수 없는 상태였지만
나는 밖의 동향을 전부 읽고 있었기에
땅거미가 질 때까지 꼼짝하지 않고 그곳에 있었다.

어머니는 이후 화재로 소실된 만큼의 벼를 물어주는 조건으로
그 사람과 합의를 보고 나서야, 사건이 종료되었다고 한다.
아무리 어리고 아무것도 모르는 철부지라도 그렇지
수확한 볏단에 불을 지르다니
당사지인 나도 왜 그런 짓을 했는지
지금도 도저히 내 자신을 이해할 수가 없는 사건이다.
후일담이지만
그때 내가 숨을 곳이 없었으면, 어떻게 되었을까?

피해자에게 당할 일은 둘째치고 어머니로부터
종아리에서 피가 나도록 맞았을 것이다.
어머니가 무서워 저녁 먹으러 집에 들어가지도 못한 채
어두운 밤 담장 밖에서 혼자 서성이고 있을 때
구세주 우리 할머니가 나를 찾아 나오셨고
할머니 치마폭에 싸여 살금살금 방에 들어가
할머니와 함께 잤다.
다른 때도 마을에 사건이 터졌다 하면
그 중심에는 항상 내가 있었고
어머니는 수습사원이었다.
그런 골치 덩어리를 키우시느라
우리 어머니는 얼마나 힘드셨을까
지금도 죄송할 뿐이다.
오죽했으면 동래 할머니분들 모두가
각기 별명을 지어 주셨을까.
짐작하고도 남음이 간다.

11

쥐불놀이와 바지

어느 해 보름날이었다.

그날도 동래 친구들과 하루 종일 논에서 썰매를 탔다.

저녁 무렵에는 논두렁에 불을 질러

쥐불놀이를 했다.

썰매를 타면서 물에 젖은 양말과 바짓가랑이를

불에 말리고 있었는데

아뿔싸,

바짓가랑이를 태워먹고 말았다.

화난 어머니 얼굴이 떠오르며

혼날 생각을 하니 앞이 캄캄했다.

얼마 전 어머니께서 설빔으로

인내장(양촌장)에서 사다주신 새 옷인데

벌써 태워먹다니

종아리를 맞아도 싸다는 생각이 들었다.

날이 어두워지자 같이 놀던 친구들은

모두 저녁 먹으러 집에 가고

논두렁에 나 혼자만 남았다.
날씨는 춥고 배는 고파 오는데
어머니한테 혼날 걱정에 집에는 못 들어가고
이 생각 저 생각 하며 논두렁에 우두커니 서 있었다.

바로 이때다.
구세주 우리 할머니께서
손자 찾으러 나오신 것이 아닌가.
저녁 식사 시간이 지났는데도
손자 녀석이 집에 안 들어오니
걱정되어 찾아 나서신 것이다.
하도 말썽을 많이 부리는 놈이라
어머니께서는 보나마나 또 사고치고
집에 못 들어오고 있나 보다.
대충 이렇게 짐작하고 계신 것 같았다.
그럴 때마다 우리 할머니는
내게 구세주 역할을 하셨다.
그날 밤도 할머니 따라서 슬그머니 집에 들어와
저녁밥도 먹지 못한 채
건넌방에서 할머니와 함께 잤다.

12

대보름 축제

대보름날을 맞이하는 풍속도가
옛날에 비해 요즈음은 많이 변했다.
세대가 바뀌니 그에 따른 문화도 바뀌는 것이
당연한 이치라 하겠지만
50년 전 농경사회의 대보름날은
설보다 더 큰 명절이었고 모두가 하루를 분주하게 보냈다.
오곡으로 밥을 짓고 열두 가지 반찬을 만들어
이웃들과 나누어 먹으며
윷놀이, 제기차기, 연날리기, 쥐불놀이 등
어른 아이 할 것 없이 즐겁고 흥겨운 하루를 보내는 날이다.
가족의 건강과 조상의 은덕을 기리는 날이 설이라면
대보름은 부럼을 깨서 액운을 없애고
이웃들과 화합을 다지며
서로 음식을 나누어 먹는 날이기도 하다.

보름날 가장 큰 행사로는 뭐니 뭐니 해도 사물놀이다.

당시에는 오늘날처럼 즐길 수 있는 문화 콘텐츠(contents)가
그렇게 많지 않았다.
특히 시골 농촌에서 크게 즐길 만한 축제는
사물놀이만 한 게 없었다.
풍물패들이 마을 집집마다 돌며
댁의 안녕을 빌어주는 행사인데
부엌에 들어가서는 부뚜막 신에게
장독대 앞에서는 장독 신에게
일일이 주문을 하며 소지를 올려준다.
고맙다는 답례로 형편에 따라
집주인으로부터 금일봉과 함께 술대접을 받는다.
이 행사에는 비단 풍물패들뿐만 아니라
마을 사람 모두가 그 뒤를 따라다니며
그 날의 축제를 함께 즐기는 것이다.
동래 한 바퀴를 돌고나면 하루해가 저물어 간다.
이때 마을이 공동으로 사용하는 우물가에 모두 집결하여
우물을 지켜 주는 수호신인 용왕님에게
사시사철 물이 마르지 않도록 해 달라며 마지막 소지를 올리고
미리 준비해 쌓아 놓은 볏짚단에 불을 지른다.
마을 사람 모두가 불타는 볏짚단을 돌며
한 해 소원을 빌고 불꽃에 액운을 실어 날려 보낸다.

풍물패들이 중간 중간 쉬면서 술 한잔 기울이는 동안

어린 아이들은 바로 이때다 싶어
앞다투어 사물(꽹가리, 장고, 북, 징)을 집어 들고
어설프게나마 어른들의 흉내를 내 본다.
이런 식으로 틈틈이 사물을 익히는 과정을 통해
아이들도 나중에는 제법 다룰 줄 아는 수준에 이른다.
나도 어렸을 적 그렇게 배운 솜씨로
서툴기는 하지만 사물놀이 네 가지 악기를 모두 조금씩은 다룰 수 있다.
해가 저물고 술판 분위기가 무르익어 갈 때쯤이면
마지막 피날레를 휘몰이 풍물 장단에 맞춰
태풍이 몰아치듯 극도로 흥을 고조시키면서
한바탕 신명나게 노는 것으로
대미를 장식한다.

머슴들도 일 년 중 그날 하루만큼은
주인으로부터 다소의 용돈을 받아
편히 쉴 수 있는 날이기도 하다.
그날은 우리 집 머슴에게도 어머니가 용돈을 좀 챙겨 주셨고
돼지고기를 통째로 삶아서 직접 썰어 먹으라며
도마와 함께 내주는 것을 본 적 있다.
또 그날 밤에 잠을 자면 눈썹이 하얗게 쉰다 하여
가족들과 옛날 얘기해 가며
밤늦도록 잠을 이루지 못한 적도 여러 번 있다.

13

색동 양말과 우리 할머니

초등학교 1학년 때쯤이었다.

추석 명절에 옷 한 벌과 양말 한 켤레

새것으로 사서 입으면

그것으로 한 해 겨울을 나야만 하는 것이다.

연중 새 옷 입어 볼 수 있는 날이, 바로 이 추석날뿐이다.

없는 집 아이들에게는 그것마저

호사스러운 얘기가 되겠지만

일부 살 만한 집 아이들에게는

새 옷 입어볼 수 있는 기회가 바로 이날이기 때문에

설레는 마음으로 한 달 전부터

벽에 걸린 달력에 날짜를 가위표로 지워 가며

오로지 추석날만을 손꼽아 기다리곤 했다.

그때는 왜 그렇게 날자가 더디게 지나갔는지

하루하루가 너무 길었다.

추석이 지나고 겨울 중 가장 춥다는

소한과 대한이 지나갈 때쯤이면

양말은 다 해어져서 엄지발가락 쪽이나 뒤꿈치 쪽에
커다란 구멍이 여러 개 생긴다.
어머니께서는 그 해어진 구멍에 다른 천 조각을 대고
바늘로 기워주셨다.
긴 겨울이 지나 봄이 올 때쯤이면
단색 무명양말이 여러 번 기운 천 조각 색깔에 의해
색동양말로 변해 버린다.
양말뿐만 아니라 외출복이나 내의도 마찬가지다.
무릎이나 팔꿈치 등 잘 헤지는 곳은
다른 천을 대서 기워 입었던 것이다.
나는 워낙 활동성이 많아서 단추 같은 건 일찌감치 떨어져 없어지고
옷도 다른 아이들보다 먼저 헤지거나 떨어졌다.
그때마다 어머니께서는 바느질과 다림질로
항상 단정하게 입혀주셨다.
나는 잠시도 가만있지 못하고 쌀쌀거리며 돌아다니는 성격이라
옷이건 뭐건 내 수중에 들어오면 남아나는 것이 없었다.
아무튼 그때는 너나 할 것 없이 모두가 기워 입고 다녔기 때문에
창피할 것도 없었다.

겨울 방학이 되면 나는 스케이트 타는 것이 하루 일과였고
물에 빠져 양말이 젖는 경우가 다반사였다.
그럴 때마다 할머니께서는
손자 녀석 양말을 질그릇 화로 옆구리에 붙여

말려주시곤 했다.
매일 사고나 치고 말썽부리는 손자 녀석이 밉기도 하련만
싫은 소리 한번 안 하셨다.
어머니가 회초리를 들고 혼내기라도 할라치면
할머니가 얼른 달려와
나를 품에 앉고 자리를 피하셨다.

뿐만 아니다.
방안 제사를 지낸 후면 곶감이나 대추 등
과일은 모두 할머니가 기거하시는 건넌방 실경(벽 상단에
물건을 올려놓을 수 있도록 만들어 놓은 선반)에 보관했다가
밤이 되면 하나씩 꺼내주시며 나를 잠재우셨다.
그런 우리 할머니의 무한 손자 사랑을
지금도 잊을 수가 없다.
매일 똑같이 되풀이되는 장화홍련전이나
콩쥐 팥쥐 얘기였지만
그분의 이야기 소리는 나에게 자장가였던 것이다.
일간 시간 내여 할머니 산소에 가 봐야겠다.

14

기적 소리

야심한 밤 먼 산 넘어에서 들려오는 기적소리는
우리 모두의 진한 향수 샘을 자극케 한다.
깊어가는 가을 밤 이불을 덮고 잠을 청하고 있는
꿈 많은 소년에게는 더욱 그렇다.

밖에서 하루 종일 뛰어놀다 저녁 늦게야 겨우 집에 들어와
가물가물 흔들리는 등잔불 밑에 누워
잠을 청하고 있노라면
저 멀리 논산벌 근처에서 들려오는 기차 소리에 이끌려
어린 소년은 동경의 나라로 상상의 여행을 떠난다.
기차 바퀴와 철로가 서로 맞물리며 내는 마찰음 소리
특히 다리 위를 통과할 때는
그 덜커덕거리는 소리가 더욱 요란하다.
기적을 울리며 어디론가를 향해 멀어져 가는 기차소리가
30여 리 먼 논산 벌판을 지나
산을 넘고 작은 계곡을 휘돌고 나서야

비로소 내 고향 벗말에 다다른다.
속삭이듯 나지막이 들리는 그 기차소리는
필경 누나가 들려주는 옛날이야기 같은 거였다.
먼 길을 재촉하듯 기적을 크게 울리고
서서히 속도를 내더니 이내 치닫는다.
멀어서 그 소리가 희미해질 때쯤 되면
힘에 부친 듯 가쁜 숨을 내쉬며
어디론가 아스라이 사라져 간다.

이때 소년은 많은 생각에 잠긴다.
그리고 상상의 날개를 펼친다.
이 깊은 밤에 저 열차는 어디를 향해 가고 있을까?
출발지는 어디이며 도착지는 또 어디일까?
열차에 몸을 실은 여행객들은 어떤 사람들일까?
그들은 또 무슨 사연이 있길래 이토록 늦은 밤에
야간열차를 타고 가는 걸까?
자기 인생만큼이나 크고 무거운 짐을 옆에 끼고
삶에 지쳐 졸고 있는 장사꾼들,
꽤가 쏟아지듯 이야기하며 사랑을 속삭이는 젊은 남녀
상기된 얼굴로 무리 지어 먼 길 여행을 떠나는 젊은 청춘들
고향의 부모님 곁을 떠나 다시 학교로 돌아가는 학생들
어쩌면 부모가 위중하다는 전갈을 받고 마음 조이며
급히 심야 열차를 탄 사람도 있을지 모르겠다.

이런 저런 상상과 궁금증이 꼬리에 꼬리를 문다.

밤늦도록 뒤척이며 소년을 동경의 나라로 이끈 야간열차는

그날 밤도 기적을 울리며 논산 벌판을 내 달리고 있었다.

15

상록수와 홍길동전

바쁜 하루 일과를 마치고 한가로운 밤이 되면
희미한 등잔불 주변에 가족들이 옹기종기 모여 앉아
누나와 형수님이 번갈아가며 읽어 주는
옛날 소설책 이야기에 모두 귀 기울인다.
상록수, 홍길동전, 장화홍련전 등
내가 어렸을 적 처음으로 접했던 이야기들이다.
그중 가슴 뭉클했고 재미를 더한 책은
심훈이 쓴 계몽소설 상록수였다.
어린 시절이었지만 너무 감동했기에
주인공 이름을 지금도 잊지 않고 있다.
여주인공 채영신의 생명이 서서히 꺼져 가고 있을 때
그녀를 사랑하는 남자 박동혁이
그녀를 만나기 위해 먼 곳에서 필사적으로 달려오는 장면은
이 책의 클라이맥스(climax)이자 백미다.
너무 슬프고 안타까운 나머지
나는 그 장면에서 참았던 울음을 울컥 터트리고 말았다.

사내자식이라 좀 창피하긴 했지만
어머니 할머니 가족들 모두가 눈물을 훔치고 있었다.

눈물겹도록 지고지순(至高至純)한 주인공들의 사랑이
해피엔딩이 아닌 한 사람의 죽음으로 허탈하게 막을 내린다.
두고두고 뒤끝이 정말 아쉬운 장면이었다.
처음에는 빌려다 본 책이었지만
나중에는 그 책을 직접 구입해서
집에 비치해 놓고 여러 번 읽어 본 기억이 있다.

탐관오리를 처단하는 내용의 홍길동전은
힘 없고 빽 없는 서민들의 마음을 속 시원하게
대리만족시켜 주는 소설이기에 충분했다.
동에 번쩍 서에 번쩍 신출귀몰(神出鬼沒)하게 활약하며
부패한 탐관오리를 단죄하는 주인공 홍길동이다.
죄가 없어도 숨죽여 가며 살아야 하는
소시민들의 꽉 막힌 스트레스를 일거에 풀어주는 소설이다.
듣고만 계시던 할머니 어머니께서도
얼마나 속이 후련했던지 통쾌하다 하시며 박수를 크게 치셨다.
그리고 주인공 홍길동을 응원했다.
그럴 때마다 가족들은 모두
한바탕 시원한 웃음보를 터뜨렸다.
정의가 바로서는 권선징악(勸善懲惡)의 대표적인 소설이다.

16

등굣길과 진등

초등학교 저학년 시절이다.

주변 야산에서 자라고 있는 나무들은

근방의 거주민들에 의해 거의 다 땔감으로 잘려나가

대부분의 산은 벌거숭이가 되었다.

그 시대는 지금처럼 땔감으로 대처할 수 있는

전기나 연탄과 같은 것들이 전혀 없었고

오로지 주변의 산이나 들판에서 자라고 있는 나무들만이

유일하게 사용되던 것이다.

때문에 비가 약간만 내려도 산사태가 발생했고

산 이곳저곳에 깊게 패인 고래당

(산사태에 의해서 패인 조그마한 협곡)이

생겨나는 원인이 되었다.

우리 밭도 야산 언저리에 있었는데

황토 흙이라서 고구마 농사는 아주 잘되었는데

비만 오면 우리 밭 가장자리가

그 고래당으로 계속 무너지고 깎여나가는 바람에

밭 면적이 많이 줄어들었다.

어머니가 그 밭에 일하러 나가시면
나도 어머니를 따라가 그 밭 주변에서 놀다
해 질 무렵이 되어서야 집으로 돌아오곤 했는데
친구도 없이 혼자서 하루 종일 산에 있으려니
무척 따분하고 지루했다.
산 이곳저곳을 돌아다니며 꿩 알을 줍기도 하고
사오 미터 높이의 고래당 절벽에 구멍을 파고
그 속에 알을 낳고 사는 물총새 알을 꺼내
구어 먹기도 했다.

비 오는 날 내가 다니는 가야곡초등학교에 등교하려면
비포장도로인 데다 노면이 찰진 흙이라
수렁처럼 질퍽거렸다.
그야말로 진흙탕 길이었다.
흙이 고무신에 한번 붙으면 절대 떨어지지 않고
신발 위쪽 발목까지 계속 붙어 올라온다.
학교까지 가는 동안 내내 그런 상황이 계속되었다.
그래서 궁리해낸 것이
가느다란 산래끼로 신과 발을 함께 묶고서
위쪽으로 붙어 올라오는 흙은
작대기(작은 나뭇가지)를 사용해 수시로 떼어내 가며 다녔다.

어떤 아이들은 바짓가랑이를 아예 무릎 위까지 걷어 올린 채
신은 벗어 들고 맨발로 다니기도 했다.
거기다가 바람이라도 부는 날에 우산까지 들고 나면
어린 아이가 감당하기엔 힘이 부치는 등교 길이었다.
당시 신이라고는 거의 검정 고무신뿐이었고
장화라는 것은 아예 꿈도 꿔 보지 못한
먼 나라 얘기다.
그런 가난 속에서 어린 시절을 보냈다.
지금도 그때 학교 다니던 친구들 모습이
기억에 선하다.

우리 고향 벗말에서 논산장에 가려면
등리라는 마을을 지나가야 한다.
인근에 사는 사람들은 그곳을 진등이라고 부른다.
땅이 너무 질어서 붙여진 별명이다.
오죽 땅이 질었으면 등리를 진등이라 했을까.
그곳 역시 학교 가는 길처럼
땅이 무척이나 질었던 모양이다.

당시 책가방을 어깨에 메고 학교에 다니는 학생은
한 명도 없었다.
그 시절 책가방이란 그 정도로 보기 힘들만큼 호사스런 물건이었다.
모두가 사각형으로 된 검정색 책보에 책을 둘둘 말아서

풀어지지 않도록 그 끝을 오삔으로 잠근 다음
어깨와 겨드랑이 사이로 질끈 동여매고 다녔던 것이다.
그 상태로 달리기를 하면 책보 속에 들어 있는
빈 도시락 안에서 반찬통과 젓가락이 서로 부딪치는
달가닥거리는 소리가 유난히도 컸다.
여학생들은 남학생과는 달리 허리에 매고 다녔는데
왜 남녀가 달리 맺는지는
지금도 그 이유를 알 수가 없다.

17

방죽과 소징이

우리 동래 벗말(가야곡면 목곡리 2구)에서
가야곡초등학교에 가려면
엥게펀디기라는 야산을 넘어서 논과 밭이 있는
작은 분지를 지나가야 한다.
그 분지 길가에 농업용수를 저장한 큰 방죽 하나가 있다.
여름철에는 퇴교 길에 더위도 식힐 겸
그 방죽에서 친구들이 자주 멱(수영과 물놀이)을 감는다.
그 방죽은 흐르는 물을 막아 저장한 것이 아니고
내린 빗물을 가둬 놓은 곳이라
한치 앞을 볼 수 없을 정도로 언제나 물속은 탁했다.
붉은 황토 흙과 빗물이 뒤섞인 흙탕물이기 때문이다.

하루는 반 친구들과 함께 멱을 감고서 곧장 집으로 향하지 않고
이웃 마을 소징이(목곡리 1구)에 사는
반 친구 최**이 네 집으로 놀러갔다.
오래 전 일이라 그 친구 이름은 정확하게 알 수가 없다.

그 친구 집은 우리 동래에서 남쪽으로 들판을 지나
갈마산 줄기 아래에 있다.
집 뒤편에는 대나무 숲으로 울타리가 울창하게 둘러싸여 있었고
그 그늘이 무척 시원했던 기억이 있다.
갈마산 이곳저곳을 친구와 함께 휘젓고 다니다가
해가 지고 어둑어둑해서야 집으로 향했다.
나중에 안 일이지만
그 사이에 집에서는 발칵 뒤집히는 사건이 발생했다.
초등학교 2학년 때라 오전 수업이 전부였고
정오가 지나면 집에 도착해야 할 아이가
저녁이 다 되도록 안 보이니
가족들은 불안한 생각이 점점 커졌고
나와 함께 방죽에서 멱을 감다
이내 집에 돌아온 친구들 말로는
"갑철이는 물놀이를 더 하겠다고 해서
우리들 먼저 집으로 왔어요."라고 했다는 것이다.
이때나 저때나 나를 기다리던 가족들은
해가 지도록 나타나지 않자
필경 그 방죽에 빠져 죽은 것으로 판단했다는 것이다.
마을 어르신들의 의견을 모은 결과
시신이라도 건지겠다며 청년들을 동원해
그 방죽에 가서 얕은 곳은 발로 휘젓기도 하고
일부는 긴 대나무 장대 끝에 갈퀴를 매달아

방죽 깊은 곳에 넣고 바닥을 훑어댔다고 한다.

내가 집에 도착 했을 때는 할머니와 누나만 집에 있었고
어머니와 마을 사람들 대부분은 그 방죽으로 갔다는 것이었다.
누나로부터 그간의 상황을 소상히 듣고서야
내가 또 대형 사고를 쳤다는 사실을 알 수 있었다.
무엇보다도 어머니한테 또 혼날 생각을 하니
겁이 덜컥 났다.
나를 찾았다는 전갈을 받고 돌아온 동래 어르신들이
새파랗게 질려있는 내 얼굴을 보고는
"애가 많이 놀란 것 같으니 우선 안정시키는 게
우선인 것 같다."라고 어머니께 말했다.
이때 어머니 안색을 살펴보니
내 새끼 찾았다는 안도와 화난 모습이 동시에 교차되며
어떻게 하면 좋을지 모를 허탈한 표정을 짓고 계셨다.
그러면서 그날 수고하신 동래 분들에게
저녁 식사와 술을 후하게 접대하셨다.

18

옹기 가마와 재봉틀

즘(목곡리 1구)이라는 동래는 갈마산 끝자락
후미진 곳에 자리하고 있다.
내가 살고 있는 벗말(목곡리 2구)과는
행정구역상 같은 동래라서 아주 가깝게 있으나
서로 잘 보이지 않을 정도로
산자락이 즘을 에워싸고 있다.
나는 어렸을 때 주변 마을인 장사래, 국굴, 가능굴, 빗티 등에는
친구들과 자주 놀러 다녔다.
하지만 즘에는 친구도 없을뿐더러 은폐된 곳이라
가볼 기회가 거의 없었다.
한번은 그곳에 옹기를 굽는 가마가 있다는 얘기를 듣고
호기심에 일부러 가 본 적이 있다.
궁금한 것은 워낙 못 참는 성격이라
잘됐다 싶었던 것이다.

우리 집 광(식냥이나 곡식 같은 것들을 보관하는 집 안에 있는 창고)에

대형 옹기 항아리가 서너 개 있었다.
그 속에 무엇이 들어 있는지 보이지 않을 정도로
키가 높고 큰 옹기 항아리였다.
옹기 하나가 쌀 서너 가마니는 넉넉히 들어갈 정도로 크다.
이렇게 큰 옹기는 어떻게 만들며
우리 집까지는 어떻게 옮겨 왔을까? 하고
평소에 궁금해하던 차였다.

전하는 얘기로는 조선 시대 천주교 신자들이
박해를 너무 많이 받아 관을 피해 숨어 들어와
옹기를 구어 팔면서 겨우 목숨을 부지하며 살았다는 설이 있다.
어쩌면 그 설이 맞을 거라는 생각이 들었다.
왜냐하면
이곳 즘뿐만 아니라 천주교 신자들이 산간벽지에 숨어 들어와
옹기를 구워 팔았던 사례는
지방 여러 곳에서 쉽게 찾아볼 수 있기 때문이다.

어린 내가 처음 대하는 옹기 가마는 신기하기만 했다.
산 경사면을 따라 두꺼비집 같은 것을 길게 만들어 놓고
그 중간중간에 구멍을 낸 모양이 너무 신기해서
그 속에 여러 번 들어갔다 나왔다 하며
어떤 구조인지 자세히 살펴봤다.
그렇게 몇 번을 들락거렸더니

옷이며 얼굴에 검정 잿가루가 새까맣게 묻었다.
집에 돌아와서 어머니로부터 또 한번 호되게 혼난 기억이 있다.

초등학교 4학년 여름 방학 때 일이다.
아버지가 사다주신 재봉틀이 너무 신기했다.
연습 삼아 헌 천을 직접 틀에 올려놓고 박아 보기도 하고
북 실이 엉키면 왜 엉키는지 그 이유를 알고자
분해결합도 여러 번 해 봤다.
처음에는 고장 난다며 가족들이 못 만지게 했지만
가족들이 없는 틈을 타서 하나 둘씩 분해와 결합을
여러 번 해 봄으로써 결국 그 원리를 알아냈다.
나중에는 재봉틀이 고장이라도 나면
가족들은 나를 불렀고 그 수리는 내 담당이 되었다.
그 시절 시골 마을에는 재봉틀이
겨우 한두 집밖에 없었다.

나는 어릴 때부터 유별나게 호기심이 많았고
궁금한 것이 있으면 그냥 놔두질 못했다
그런 성격 때문에 기물도 많이 부셔먹고
변상도 여러 번 해 줬다.
혼날 짓을 한 것이 어디 한두 번인가.
어머니로부터 회초리 맞는 것은 다반사였다.

19

신천지와 신장로

가야곡초등학교 3학년 2학기 시작과 동시에

우리 가족은 양촌면 신흥리라는 곳으로 이사를 했다.

내 고향 벗말은 연산 기차역에서 너무 멀리 떨어진 곳이라

대전에 계신 아버지가 집에 오시기라도 하면

너무 불편해하셨다.

연산 기차역에서 집까지 오시려면

여수고개라는 재를 넘고 10여 리 길을 걸어야

양촌면 거사리라는 곳에 닫는다.

집까지 오는데 그곳이 겨우 중간 지점 정도 된다.

그곳에서 다시 나룻배를 타고 강을 건너야 가야곡면 땅이다.

지금은 다리가 놓여 있지만

당시에는 배를 타야만 강을 건널 수 있었다.

거기서부터 다시 언덕을 넘고 여러 마을을 거치고 나서야

비로소 우리 집 벗말에 도착한다.

그야말로 산 넘고 강 건너 몇십 리 길을 두발로 걸어가야만 하는 것이다.

그 길에는 버스 노선도 없고 길 정비도 제대로 안 된 곳이라

겨우 구루마 한 대 다닐 정도로 좁다.
게다가 비라도 오는 날엔 길이 수렁처럼 변한다.
장화를 신지 않고는 도저히 걸어 다닐 수가 없다.
다른 단원에서도 밝힌 바 있지만
우리 고향은 자갈도 모래도 없는 오로지 차진 진흙만이 있는 황톳길이다.
따라서 비가 조금이라도 내렸다 하면
흙이 신발 위쪽으로 계속 붙어 올라오기 때문에
꼬챙이로 그 흙을 자주 떼어주지 않으면 걸을 수가 없다.

우리 집은 방안 제사가 많아 거의 매달 한번 정도 돌아오는 꼴이다.
그럴 때마다 고향에 오셔야 하는
아버지의 불편은 이루 말할 수 없었다.
어쩌다 할머니께서 대전에 계신 아버지를 보러 가시려면
100여 리가 넘는 먼 길을 걸어서 다니셨다 한다.
새벽에 일찍 출발해서 늦은 밤이 되어서야
겨우 대전에 닿았다 하니
나로서는 상상이 잘 가지 않는 이야기다.

그래서 이 불편함을 면해 보고자
대전까지 버스 노선이 있는 신흥리라는 마을로 이사한 것이다.
신장로가 있고 하루에 한두 번 대전을 오가는
버스가 있는 곳이기 때문이다.
이사와 동시에 나도 그곳에 있는

반곡초등학교로 전학을 했다.
그곳은 전에 살던 벗말에 비하면
신천지나 다름없었다.
가장 큰 변화는 무엇보다도 들판을 가로질러
크고 길게 쭉 뻗어 있는 신장로와 그곳을 달리는 차들이었다.
그전에는 솔직히 차 구경 한번 못 하고 자란
촌놈 중에 촌놈이었던 것이다.
이에 대한 우스갯소리가 있다.
"우리 고향은 유~
차는 없어도 비행기는 많이 본다니껜유~"
그런 곳이 바로 우리 고향 벗말이었다.

호기심 많기로 유명한 철딱서니 없는 아이에게
처음으로 대하는 차는 얼마나 신기했을까.
책에서만 만나 볼 수 있는 그런 차였기 때문이다.
뒤 마후라에서 나오는 매연이 너무 신기해
그곳 가까이에 얼굴을 대고 한참을 바라보다
콧잔등이 까맣게 그을렸던 기억이 있다.
희한하다. 왜 이곳에서 연기가 나올까?
그 점이 궁금했던 것이다.
그 모습을 바라보며 깔깔대고 웃어대던 친구들이
밉기도 하고 창피하기도 했던 적이 있다.
촌놈이라며 조롱하는 것 같아 자존심이 무척 상했다.

비포장 도로 위를 달리는 차 뒤를 쫓아가며
흙먼지를 일부러 뒤집어쓰고
좋아라 재미있다 하며 즐거워했던
그 개구쟁이 친구들
지금은 어디서 무엇을 하며 지내는지
참 순진하고 탐구심 많은 아동들이었는데.

오유월경이 되면 신장로를 따라 늘어선 아카시아 나뭇가지에
아카시아꽃이 흐드러지게 핀다.
친구들은 하교 길에 허기진 배를 채우고자
그 꽃을 한 주먹씩 따먹곤 했다.

돌이켜 보면 나는 어렸을 때
참 적극적이면서 활동적인 성격이었던 것으로 기억한다.
전학 하자마자 새로운 친구들과 쉽게 어울렸고
동래 친구들과도 잘 지냈다.

가을엔 부역이라 해서 신장로 주변에 사는 거주민들이
도로 가장자리에 자갈 더미를 만들어 놓는 일을
연중행사로 한다.
차량 통행이나 그밖에 다른 원인으로
도로가 움퍽 패이거나 웅덩이가 생기면
그곳을 자갈로 메꾸기 위해서다.

나도 어렸을 때 그 일에 몇 번인가
동원되어 나가 본 적이 있다.
이러한 것들 모두가 이곳으로 이사하기 전에는
전혀 경험하지 못했던 새롭고 신기한 것들이었다.

20

논산천 치마바위

어렸을 때 뛰어놀던 내 고향 신흥리 옆에는
1급수 맑은 물이 흐르는 논산천이 있다.
현지인들은 그 논산천을 강이나 혹은 냇물이라 부른다.
보를 막기 전에는 배를 타고 건너다녀야 했던 곳이다.
운주면 왕사봉이 발원지며
그 유명한 대둔산을 휘돌아 양촌 면소재지를 거처
우리 고향으로 이어지는 강이다.
그리고는 곧바로 탑정 저수지로 입수된다.
따라서 우리 고향은 수량도 많을 뿐만 아니라
다양한 민물고기가 서식하는 곳이기도 하다.
특히 이곳에는 다른 곳에서 볼 수 없는
을무니라는 물고기가 있다.
생김새가 꼭 바닷가 갯벌에 사는 망둥이를 닮았다.
물살이 세지 않고 자작자작하게 흐르는 곳에는
어김없이 을무니 떼가 새카맣게 붙어 있다.
맛이 없어 고향 사람들은 그 고기를 잡지 않는다.

일설에 의하면 병에 걸린 부모가
추운 겨울에 고기가 먹고 싶다 하여
아들이 얼어붙은 이 곳 냇가로 나와 얼음을 깨고 보니
마침 을무니란 고기가 있기에
그 고기를 잡아다 부모님 봉양을 했다 한다.
그래서 이곳 사람들은 일명 효자고기라 부르기도 한다.
신홍리에서 병암으로 이어지는 보 근방은
수심도 깊고 바위들이 강바닥에 많이 깔려 있어
쏘가리가 살기에는 최적지다.
어렸을 때 쏘가리를 많이 잡았던 기억이 있다.
물안경을 쓰고 잠수해서 바위 밑에 기대고 있는 쏘가리를
물총으로 잡는 방법이다.
쏘가리가 얼마나 많았던지 매일 잡고 또 잡아내도
팔뚝만한 크기의 쏘가리들이 계속 나왔다.
탑정 저수지에서 산란처를 찾아 물길 따라
계속 올라오기 때문이란다.
많이 잡을 때는 등을 따서 햇볕에 말렸다가
고추장을 발라 구워 먹으면
이 세상 최고의 반찬이 되었다.

신홍리는 문 밖에만 나가면 물이 흔한 곳이라
남녀 아이를 불문하고 걸음마 배우면서 수영도 자연스럽게 배운다.
그런 환경 속에서 자라다 보니

수영 못 하는 아이들이 거의 없다.
한번은 어릴 적 어깨동무인 상호, 기태와 함께
냇물을 가로질러 막아 놓은 보 위에다
신을 나란히 벗어 놓고
아랫마을 거사리 쪽으로 고기를 잡으러 갔다.
마침 날씨는 흐리고 가끔 가랑비가 내렸다.
얼마가 지났을까.
신을 벗어놓았던 보에 와 보니
그간 내린 비로 보가 넘쳤고
신은 모두 물살에 실려 떠내려간 뒤였다.
어머니가 큰마음먹고 사 주신 운동화였는데
너무 아까웠다.

강 건너 병암리에는 화천 쪽에서 직선으로 흘러내리는 강의 물길을
거의 직각으로 꺾어서, 내가 살고 있는 신흥리 쪽으로
흐르게 한 치마바위가 있다.
바위의 모양이 넓게 펼친 치마처럼 생겼다 하여
치마바위라 한다.
그 크기가 산자락 한 면을 전부 차지할 정도로 크다.
그곳은 유속이 매우 빠르며
그로 인해 바닥이 깊게 패여서 물속이 잘 보이지 않을 정도로 깊다.
주변에 전해 오는 전설에 의하면
명주 실타래 세 개를 풀어도 바닥이 닿지 않아

그 깊이를 가늠할 수 없다는 이야기가 있다.
일설에는 용이 살던 곳이라고도 한다.
이곳은 다른 곳과는 달리 수심이 깊어
물 색깔이 시퍼렇게 보인다.
그 때문에 이곳을 지나가는 사람들은 저절로 마음이 숙연해 진다.
그만큼 위엄이 있는 곳이기도 하다.
유소년 시절 그곳 치마바위 위로 나 있는 길을 지나가려면
높고 가파른 경사면의 바위와 시퍼런 강물에 압도되어
오금이 절여 발길이 잘 떨어지지 않았었다.

그런데 요즈음 고향에 강은 어떠한가?
맑고 깨끗했던 나 어릴 적 그 옛날의 강이 아니다.
중장비를 동원해서 자연 상태로 흐르는 물줄기를 직선화시키고
수심을 통일화 하는 과정에서
강바닥에 쏘가리가 붙어 살 만한 은신처가 없어졌다.
그 흔하던 쏘가리 구경하기가 매우 어려워졌다는 것이다.
뿐만 아니라 물이 휘돌아 나가는 강 안쪽에는
모래톱이나 넓은 자갈밭이 있어서
옛날에는 아이들 놀이터가 되었고
여름철에는 어른들이 천렵도 자주 하던 곳이다.
그러나 지금은 그런 장소를 찾아볼 수가 없다.
또한 물살이 느리고 산소량이 부족해
부유물이 떠다는 죽은 강이 되어 버렸다.

가칭 수로 개선 사업이라는 제목하에
정부가 나서서 저지른 일이다.
그 옛날 어린 아이들이 발가벗고 뛰어놀며 수영하던
말고 청정한 그 고향의 강을
이제 다시는 볼 수 없어 그저 안타까울 뿐이다.

21

나무꾼과 낭만파

초등학교 사오 학년 때 일이다.

그 시절엔 시골에서 땔감 구하기가 매우 어려웠다.

추수를 끝내고 부산물로 나오는 볏짚이나 왕겨 수숫대

혹은 고추대 등으로 밥을 짓고

겨울에 방고래를 뜨겁게 달궈 주는 난방 용도로 사용했던 것이다.

그래도 땔감이 모자라면

주변 야산에서 구할 수 있는 낙엽이나 땅에 떨어진 솔잎 등을

갈퀴로 긁어 모으고 자라는 나무 가지를 쳐내서

그것으로 사용했다.

그러다보니 웬만한 산은 벌거숭이가 되었고

땅바닥이 들어나 비가 조금이라도 내리면

산사태로 번지는 원인이 되었던 것이다.

이때부터 주변에서는 더 이상 땔감을 구할 수 없게 되었고

머슴들은 나무(땔감을 구하러)하러 먼 곳까지

원정을 가야 하는 지경에 이른 것이다.

이를 두고 고향 사람들은

"먼산 나무하러 간다."라고 표현했다.

머슴이라는 용어가 고용인이란 단어와는 달리
하층 계급을 뜻하는 뉘앙스가 있으므로
지금부터는 일꾼이란 단어로 대신하겠다.

먼산 나무하러 간다는 것은 글자 그대로
여러 개의 산을 넘고 또 넘어서 먼 곳에 있는
깊고 험준한 산에까지 가야한다는 것을 의미한다.
혼자 행동하기엔 위험 부담이 많은 일이었다.
그러기에 마을 일꾼들 여러 명이 함께 모여 출발한다.
산 속에서 나무하는 도중이나 아니면 오가는 도중에
무슨 안 좋은 일이라도 생기면 함께 대처하기 위함에서다.
일꾼 한 사람당 도시락을 두세 개씩 싸가지고 간다.
들리는 얘기로는 곰팃재라는 큰 재를 넘어서
험준한 대둔산 자락 어디엔가까지 가야 한다는 것이었다.
그야말로 장도에 오르는 일이다.
땔감 구하기가 그만큼 어려워졌다는 상황을 말해 주는 대목이다.
새벽같이 일어나 서둘러 출발해야 했고
어둑해서야 겨우 집에 당도할 수 있었다.
당시에는 연탄이나 가스 같은 것들이 전혀 없었던 시대였기 때문에
벌어진 촌극이다.

해가 서산에 뉘엿뉘엿 질 무렵에서야
칠팔 명의 나무꾼들이 국사봉 아래 첫 동래인 죽안이를 지나
우리 마을을 향해 1열 종대로 나란히 오는 모습은
지금도 잊지 못하는 명장면 이었다.
화가가 그린 그림보다 더 그림 같은
너무나 평화스럽고 목가적인 장면을 연출하였기 때문이다.
사람 키보다 훨씬 더 큰 나뭇짐 위에
서로 약속이나 한 듯
예쁘게 꽂아놓은 연분홍색 진달래 꽃 한 아름과
붉게 물든 석양과의 어우러짐은
지금도 내 머리 속에 지워지지 않는 문신처럼
아름다운 장면으로 각인되어 있다.

농사 지을 밭뙈기 한 평이 없어서
일 년 내내 등골이 휘도록 남의 집 일을 하면서
연말에 겨우 쌀 몇 가미니를 새경으로 받아
자기 가족을 먹여살려야 하는
아주 절박한 처지에 놓인 사람들이 바로 그 일꾼들이다.
그럼에도 불구하고 그들은
진달래꽃처럼 아름답고 착한 인성과 감성을 지니고 있었으며
멋이 무엇인지를 알고 있던 사람들이다.
작가가 보기엔 그들이야말로 진정한 로맨틱스(romantics)가 아닌가
생각된다.

그토록 고달픈 생활 속에서도

그들 나름의 여유와 낭만이 있었다는 사실이

훈훈한 감동으로 내 마음을 적셔 주었다.

또한 우리 집 일꾼은 가끔 싸리버섯도 채취해 왔다.

그런 날에는 버섯 요리로

온 가족이 잔치를 벌였던 추억이 있다.

22

전설의 여수고개

나는 반곡초등학교로 전학한 이후 방학이 되면
항상 아버지가 계신 대전으로 가서
즐거운 방학을 보냈다.
당시 아버지는 신안동에서 한의원 원장으로 계시며
병든 사람들을 치료하셨다.
그곳에서는 시골에서 쉽게 맛볼 수 없는 과일이나 짜장면 등
아주 맛있는 것들을 가끔 먹을 수 있어서
방학이 오기만을 기다렸던 것이다.
그리고 그때가 되면 혼자서 대전행 기차를 탔다.
시골 촌놈인 내 눈에 보이는 당시 대전은
모든 것이 새롭고 신기한 것들로 가득 찬 도시였다.
심지어 사용하는 말과 어휘에서도
시골과는 많이 달랐다.

방학이 끝나고 시골집 고향으로 다시 돌아가려면
호남선 기차를 타고 가다 연산역에서 내린 후

반드시 여수고개를 넘어야 한다.
그러지 않으면 신장로를 따라
연산 사거리 쪽으로 돌아가야 하는데
그 길이 너무 멀고 오랜 시간이 소요되므로
선택의 여지가 없다.

초등학교 5학년 여름방학 때 일이다.
그때도 대전에서 여름 방학을 보내고 고향으로 가는 도중이었다.
연산역에 도착하니 어두운 밤이 되었다.
전에도 이런 경우가 있었지만 그때는 여러 명의 동행자가 있었기에
그들과 함께 서로 의지하며 여수고개를 넘었다.
하지만 그날따라 동행자가 한 명도 없었다.
고개를 넘어 10여 리 길을 혼자 갈 생각을 하니
무섭고 두려운 생각에 영 발길이 떨어지지 않았다.
때마침 그믐이라 달도 없어 시야가 전혀 확보되지 않아서
길과 숲을 구별하기조차 어려운 상태였다.
비마저 추적추적 내리고 왠지 음산하고 으스스한 분위기마저
나를 더욱 공포스럽게 만들었다.
무엇보다 나를 망설이게 한 가장 큰 이유는
여수고개에 얽힌 전설로
소름끼치도록 무서운 이야기를 알고 있었기 때문이다.

여수는 여우 혹은 승량이란 이름의 방언이다.

여우가 재주를 연거푸 세 번 넘고
하늘을 보며 세 번 짖으면
요염한 처녀 귀신으로 둔갑해서
지나가는 사람을 홀린다는 것이다.
그리고 기다란 손톱으로 간을 빼먹는다는 이야기인데
전설 속에 자주 등장하는 스토리다.
바로 이 고개에서도 그런 사건이 자주 발생하였기 때문에
붙여진 이름이 여수고개라 한다.
얼마나 섬찍한 이야기인가.
그 이야기를 머릿속에서 지워버리고 고개를 넘으려고 했지만
애를 쓰면 쓸수록 더욱 선명하게 떠오르는 것이었다.
어렸을 때 담력이 많은 아이라고 소문난 나였으나
여수고개 처녀귀신 앞에서는 맥을 못 췄다.
그렇다고 역 대합실에서 밤을 지새울 수도 없는 노릇이고
결국 단단히 마음먹고 혼자서 고개를 넘기로 했다.

손전등도 없이 더듬거리며 앞을 향해 조금씩 발을 내디뎠다.
그러는 동안 귀신이 내 뒤를 쫓아와
뒷덜미를 확 잡아챌 것만 같은 생각에
자주 뒤를 돌아보기도 했다.
어둠 속을 한참 걷다 보니 흐릿하게 나마 길이 조금씩 보였고
그때부터는 아무 생각 없이 오로지 앞만 보고 달렸다.
어느덧 여수고개에서 제일 후미지다는 산꼭대기 근방에 이르렀는데

하필 그때 전방에서 천천히 움직이는 희미한 물체가 보였다.
나와는 대략 100미터 남짓 앞선 거리였다.
머리털이 쭈뼛 서고 등골이 오싹해지며
온 몸에 소름이 쫙 돋았다.
전설 속에 여수가 자주 출몰하여
사람의 간을 빼먹는다는 바로 그 지점이다.
"이거 큰일 났다."
"그 처녀귀신에게 걸려들었구나."
"이제 꼼짝없이 죽었다."라는 생각이 들면서도
"아니다. 호랑이에 물려가도 정신만 차리면 산다고 했어."라는 말을 되뇌며
마음을 다잡았다.
정신 바짝 차리라고 양손으로 뺨을 몇 번 때리면서
움직이는 물체를 자세히 살펴보았다.
그 물체도 잠시 멈추었다 다시 움직이는 것 같았다.
나도 숨을 죽인 채 발자국 소리도 죽여 가며
천천히 다시 걸었다.
그러기를 몇 번이나 반복하며 얼마를 걸었을까.
한참이 지나서야 고개를 넘어 마을 입구에 당도했다.
그제서야 긴장했던 마음이 조금 풀리면서 자신을 살펴보니
온몸이 땀으로 흠뻑 젖어 있었다.
앞에서 움직였던 물체는 중년 남자였다.
마을에 다다라서야 서로가 만난 것이다.
그 사람 말에 의하면

자기도 긴장한 나머지 내가 따라가면 자기는 속도를 내고
내가 멈추면 천천히 걷기를 반복했다 한다.
건장한 사내였는데도 꽤나 겁을 먹은 모양이었다.

그 여수고개는 연산장과 양촌장을 오가는 상인들이
꼭 넘어야 하는 곳이라서
대낮에도 강도 사건이 종종 일어나는 곳이다.
그리 높은 재는 아니지만 인가가 멀고 후미지다.
때문에 혼자서 여수고개를 넘는다는 것은
성인이라 할지라도 웬만한 담력을 갖지 않고서는
쉬운 일이 아니었다.

벌건 대낮에도 공동묘지 옆을 지나가려면
누구나 귀가 쭈뼛 서며 그곳을 힐끔힐끔 쳐다보는
경험들이 있었을 것이다.
귀신 이야기 속에는 동서양을 막론하고
음산한 공동묘지가 빠지지 않고 등장한다.
하얀 소복을 입은 귀신이 긴 머리를 산발한 채
묘지를 파헤쳐서 긴 손톱으로 송장의 간을 빼먹다가
지나가는 사람과 마주치게 되면
빨간 피를 입술에 질질 흘리면서 덥석 달려든다는 이야기는
소설에서나 영화에서 자주 접하는 단골 메뉴다.

난 초등학생이었을 때 방학만 되면
혼자 기차를 타고 대전을 오갔는데
그때마다 여수고개를 넘어야했다.
그때마다 여수가 사람의 간을 빼먹는다는
그 여수고개의 전설이 항상 내 머릿속을 꽉 채웠고
무서움과 공포에 떨게 했다.

23

여차장과 버스

1950년대 1960년대만 하더라도 시골을 경유하는 버스에는
여차장이 있었다.
우리 동래 신흥리에는 오전과 오후에 한 번씩
운주에서 대전을 오가는 버스가 있었다.
버스에 승객을 태우며 요금을 받거나
출발 신호를 알려주는 역할을 그 여차장이 했던 것이다.
정성껏 다려 입은 밤색 제복에다
밤색 빵모자를 쓰고 있는 모습이
아주 단정한 여승무원처럼 보였다.
차는 언제나 승객들로 가득 찼고
그 여차장은 거의 대부분 차 출입구에 매달려 가야만 하는 신세였다.
위험천만한 일로, 요즘 같아선 생각해 볼 수조차 없는 일이지만
그 시절에는 한 사람이라도 더 태우기 위해서
그런 일은 다반사로 벌어졌다.

한번은 나도 대전을 가려고 마을 앞에서 버스를 기다리고 있었다.

때는 늦가을이었고 추수를 거둔 볏단들이
버스가 다니는 길가에 집채만 한 크기로
연이어 쌓여 있었다.
주변 농가에서 집으로 쉽게 실어 나르기 위한 방법으로
당시에는 그렇게들 많이 했다.
그날도 역시 버스는 만원이었고
나도 차 안쪽으로 들어가지 못한 채
차 출입구에 매달려 가야하는 상황이었다.
여 차장은 매달린 내 뒤에 다시 매달려서 출발 신호를 했고
버스는 출발했다.
대략 300여 미터쯤 차가 달렸을까
갑자기 내 등 뒤가 썰렁해지면서
허전한 느낌이 드는 동시에
“악” 하며
비명 소리가 났다.
여차장이 차에서 떨어진 것이다.
차는 잠시 후 멈춰 섰고
나를 비롯해서 입구에 서 있던 사람들이
길 바닥에 나뒹굴어진 그 여차장 곁으로 뛰어갔다.
여차장을 일으켜 세우면서 그들 중 누군가가
“괜찮아요? 다친 데는 없나요?” 하며 여차장에게 물었다.
천만 다행으로 크게 다친 데는 없었고
손바닥과 팔꿈치만 약간 까져 있었다.

사건 내용은 이러했다.

차에 매달려 가는 상황에서 길가에 쌓아 놓은 볏단에 부딪쳤고
그 충격으로 떨어진 것이다.
그나마 볏단이 완충 역할을 해 줬으니 그 정도지
가로수나 다른 것에 부딪쳤으면 대형 사고로 번질 뻔한 일이다.
떨어지면서 바퀴 안쪽으로 말려 들어갔으면 어찌 할 뻔했나.
생각만 해도 끔찍하다.
아무튼 그 정도로 끝난 것이 그나마 천만다행이었다.
다시 차로 돌아와서 차 안에 있는 사람들을
발로 밟아 쟁이듯 빈틈없이 조여 가며 태웠다.
그리고 나니 출입구에 매달려 가는 신세는
가까스로 면할 수 있었다.
차 안쪽에 있는 사람이 중간에 내리기라도 하면
출입구를 이용하지 못하고 창문을 통해 내려야 하는
웃지 못할 촌극이 벌어졌던 것이다.

요즘 TV에서 방영하는 인도나 스리랑카와 같은
저개발 교통문화권에서는
버스 지붕이나 출입구에 매달려 가는 모습을 종종 보게 된다.
그럴 때마다
“우리도 저럴 때가 있었지.” 하며
어릴 적 그 시절에 차에서 떨어진
그 여차장 생각에 헛웃음을 짓는다.

24

졸업 사진과 고무신

나이가 들수록 어릴 적 옛 추억이 그리워진다.
나이 들면 추억을 먹고산다는 말이 맞는 것 같다.
얼마 전에는 손이 잘 닿지 않는 곳에 두었던
옛날 사진첩을 꺼내 보았다.
농 선반에 올려놓고 오래도록 건들이지 않아서
사진첩 박스에 먼지가 허여케 내려앉아 있었다.
세상살이에 쫓겨, 앞만 보고 허겁지겁 달리며 살다 보니
내 나이만큼이나 오랜 세월 잊고 지냈던
빛바랜 흑백 사진들이다.
그중에서도 가장 눈에 잘 띄는 사진 한 장이
바로 단체로 찍은 초등학교 졸업 사진이었다.

당시에는 요즘과 달리 남자와 여자를
같은 반으로 구성하지 않았다.
그래서 우리는 여자 동창생 졸업사진이 없다.
남녀 칠세 부동석이었기 때문이다.

한 반에 60명씩 남자는 1반, 여자는 2반으로 나누었는데
그야말로 콩나물 시루였다.
사진 맨 앞줄 가운데에 담임이셨던 이두호 선생님이 앉아 계시고
복장은 재건복 차림이시다.
당시에는 선생님들도 국가에서 제공되는 단체복을 입으셨다.
이름 하여 재건복이다.
친구들은 하나같이 석고상처럼 표정 없는 얼굴들이다.
머리는 모두 중처럼 박박 깎고 있다.
교복이랄까 옷은 흰색 칼라를 단 검정색 학생복인데
무궁화 무늬로 된 단추를 달고 있다.
특이한 것은 앞줄에 서 있는 친구들 대부분이
검정 고무신을 신고 있다는 점이다.
이 사진 한 장으로 당시 얼마나 가난했던 시절이었는가를
설명해 주고도 남는 것 같다.
모두가 어렵게 살던 그 시대를 어떻게 극복하며 살아왔는지
지금은 그저 아련한 추억으로 다가올 뿐이다.
동창 모임에서나 간간히 소식을 듣는 친구가 있는가 하면
어느 하늘 아래 살고 있는지 이제껏 소식을 전혀 알 수 없는 친구도 있다.
수년 전 이두호 선생님이 돌아가셨다는 소식을 들은 바 있다.
호랑이처럼 무섭고 엄한 선생님으로 기억된다.

그때는 왜 그렇게 자식새끼를 많이 낳아 길렀는지
초등학교에 다니는 학생들이 집집마다 서너 명씩 되었다.

우리 집만 하더라도 누나 둘과 나 이렇게 세 명이
초등학교를 함께 다녔으니 말이다.
그때는 학생 수가 너무 많아서 교실이 모자랐고
복도에서 수업을 하는 경우도 있었다.
팽창하는 인구를 국가에서도 감당하지 못해
산아제한 정책을 펴기도 했다.
면직원들이 동래마다 방문하여
부녀자들에게 루푸라는 것을 무료로 나누어 주기까지 했던 것이다.
오죽하면 "하나만 낳아 잘 키우자."라는 표어까지 등장했을까.
요즘에는 학생들이 없어 폐교되는 학교가 늘어나고 있다 하니
참으로 격세지감을 느낀다.
내가 졸업한 이곳 반곡초등학교도
한때는 폐교 위기에 처한 적이 있다.

요 며칠 전에는 평생 고향을 지키며 살고 있는 불알친구 상호와
그 옛날 함께 뛰어놀던 고향 마을 골목길을 추억 삼아 걸었다.
이런 저런 얘기 나무며 한참을 걸었는데도
아이들 우는 소리는커녕 인기척조차 아예 없어
유령마을처럼 적막했다.
그 옛날 이 골목에서
팽이치기, 자치기, 딱지치기, 비석치기, 땅 따먹기
오징어 가이생 등을 하며
해 지는 줄 모르고 신나게들 놀았는데….

이웃 아주머니가 시끄럽다며 다른 곳에 가서 놀으라고

우리를 쫓아낸 적도 있는 그런 골목이다.

해 질 녘 고향 마을 골목길이 왠지 쓸쓸했다.

25

똥지게와 뒷간

아무리 시골이라 해도 똥지게와 똥바가지는
집집마다 다 있는 도구가 아니다.
필요할 경우 주변에서 빌려다 사용하는 것이 보통이다.
모양새는 물지게와 똑같이 생겼으나
쓰임새만 다르다.
통에 무엇을 담느냐만 다를 뿐이다.
그 옛날 시골에서는 모두가 재래식 변기를 사용했다.
요즘처럼 수세식 화장실이 아니다.
당시에는 변기를 뒷간이나 똥독간이라 불렀고
집안에서 가장 구석진 곳에 따로 마련하여 사용했다.
그때는 휴지도 흔치 않았다.
볏짚을 머갱이로 여러 번 두들겨서 부드럽게 만든 다음
그것을 휴지 대신 사용하는 집들이 많았다.
똥독간의 구조를 말해 보자면
큰 항아리 즉 독을 땅속에 묻어 놓고
그 위에 걸터앉을 만한 널빤지를 양쪽에 놓는다.

그리고 그 위에 쭈그리고 앉아서 대소변을 봤던 것이다.
지금도 시골 오지에는 그런 형식의 똥독간이
아직 남아 있는 곳이 있다.
말 그대로 똥을 누기 위해 독(항아리)을 묻어 놓은 곳이라는 것이다.

나는 중학교에 다닐 때부터
뒷간 변기에 차 있는 오물은 모두 내가 처리했다.
여름방학이나 겨울방학이 되면 시골집에 내려가
제일 먼저 하는 것이 그 일이였다.
혹시 방학 전이라도 변기가 가득 차 있다는 전갈이 오면
주말에 내려가서 그 일을 했다.
시기를 놓치기라도 하면 오물이 변기를 흘러 넘쳤고
구덕이가 이곳저곳 바닥을 기어다는
최악의 상황도 여러 번 마주했다.
그럴 경우에는 오물을 모두 퍼낸 후, 바닥에 회 가루를 뿌려서
더 이상 구더기가 생기지 않도록 했다.
똥을 거의 다 퍼낼 때쯤 되면 독 바닥에 죽은 쥐들이
작게는 서너 마리 많게는 대여섯 마리씩 들어 있다.
당시에는 국가에서 쥐 잡자는 캠페인까지 벌일 정도로
쥐들에 의한 농산물 피해가 컸다.
그래서 매달 날짜를 정해 집집마다 쥐덫을 놓거나 쥐약을 놓아
쥐 소탕작전을 폈던 것이다.
잡은 쥐들은 버릴 곳이 마땅치 않아 대부분

뒷간 똥통에 넣었던 것이다.
때로는 뒷간에서 얼쩡거리다 재수 없이
똥통에 빠져 죽은 쥐도 있었다.

퍼낸 오물은 집 앞에 있는 남새밭이나 논에다 뿌려서
거름으로 사용했다.
논으로 가려면 동래 고샃(골목)을 통과해야 하는데
발걸음에 똥을 담은 통이 출렁거리기라도 하면
자칫 넘쳐 길바닥에 흘리는 경우도 있다.
이를 방지키 위해 볏짚으로 똬리를 만들어
통 안에 넣으면 효과가 있다.
그래도 같은 길을 여러 번 왕복하다 보니
좁은 골목길에 냄새가 풍길 수밖에 없다.
이때 지나가던 동래 꼬마들이 코를 막고는
"똥장군 지나간다 길을 비켜라." 하며
큰 소리로 놀려댄다.
그럴 때마다 한바탕 웃으며 피로를 풀었다.

이와 같은 처리 방법이 위생상으로는 아주 안 좋다.
그것을 영양분으로 해서 자란 상추나 배추 등
푸성귀들을 사람들이 먹었으니 말이다.
그렇기 때문에 당시 어느 집에서나
어른 애 할 것 없이 회충이나 편충, 십이지장충 등

배 속에 사는 기생충들과의 전쟁을
연중행사로 치렀던 것이다.
매년 봄, 가을이 되면, 면이나 학교에서 나누어 주는
구충약을 집안 식구 모두가 동시에 복용해야 했기 때문이다.
그때는 횟배라 하여 아이들이 배앓이를 많이 했다.
몸은 깡마르고 배만 뽈록 튀어나오는 증상이다.
아프리카 빈국에 사는 아이들처럼 되어 가는 병이다.
섭취한 영양분은 모두 배속의 기생충들이 다 빨아먹고
정작 아이는 영양실조에 걸리는 병을 말하는 것이다.
잘못된 오물처리 관행이 그 원인이라 생각된다.

내 형이란 사람은 평생 일은 하지 않고
집에서 무위도식(無爲徒食)만 하고 지내다
생을 마친 실패작 인생이었다.
집안 상황이 그렇다 보니 모든 농사일은 어머니가
다 감당하셨고
똥지게를 짊어질 사람도 중학교에 다니는 나밖에 없었다.
할아버지는 연로하셔서 당신 몸조차 가누기 힘드셨고
아버지는 대전에 계셨기 때문이다.
형은 아침 식사를 물리면 곧장 이웃 마을에 있는
술집에 드나들며
아버지가 마련해 준 논 섬지기를 모두 투전이나 술값으로
탕진해 버렸다.

한 때는 머슴을 두고 살 만큼 여유가 있었으나
세월이 지나면서 형의 그런 방탕생활에 가세는 기울었고
이 후에는 있던 머슴마저 내보내야 할 만큼
집안 형편이 막다른 지경에 이르렀던 것이다.

그렇다고 형이 의학적으로 문제가 있는 사람은 아니었다.
할아버지 수하에서 구학문중 최고봉이라 일컫는 대학이나
자치통감 12권을 뗐고 대학까지 졸업한 엘리트(elite)였다.
그때나 지금이나 학력으로 보아서는
하다못해 시골 면장이라도 해먹고 남을 실력이었다.
하지만 삶에 대한 애착이나 책임감 그리고
목표의식이 전혀 없는 무능력자였다.
어쩌다 술에 취해 집에 들어와서
어머니에게 행패라도 부리면 어머니는 두 손으로 가슴을 치며
소리 내어 통곡하시다, 갑자기 정신을 잃고
헛소리를 하며 이상한 행동을 하셨다.
옆에서 그 상황을 지켜보던 나는 형에게 대들지도 못하고
발을 동동 구르며
"엄마 왜 그래, 엄마 왜 그래, 정신 차려 엄마." 하며
엄마를 붙들고 함께 울 수밖에 없었다.
이러지도 저러지도 못하는 어린 나로서는
형이 죽이고 싶도록 미웠다.
오죽 형이 무능했으면 본인이 난 자식을

대전에 계신 아버지가 거두어, 대학까지 공부시켰을까.
손자 녀석을 말이다.
아버지께서는 그런 형을 어떻게 해서든지
정상적인 사람으로 만들어 보려고 많은 노력을 하셨다.
대전에서 취직도 시켜 보고
한번은 실 뽑는 기계를 구입해서 사업도 시켜 보았다.
그러나 오래가지 못하고 다 말아먹었다.

오랜 세월이 흘러 이제와 생각해 보니
형이라고 그런 인생을 살고 싶었겠나.
아마 본인도 본인의 폐륜적인 삶을 누구보다 싫어했을 것이다.
평생 그렇게 살 수밖에 없었던 형의 처연한 인생이
지금에 와선 딱하다는 생각마저 든다.
내 생각도 이러한데 그런 자식을 둔 아버지 마음은 오죽했을까.
모르긴 해도 시커멓게 타서 숯검정이 되었을 것이다.
그래도 천만 다행인 것은
당신이 키워낸 손자 녀석이 올곧게 자라주었다.
지금은 그 손자가 한 가정을 잘 건사하고
집안일의 대소사를 잘 감당해내고 있으니
나로서는 조카가 너무 대견하고 고마울 따름이다.

내가 똥지게를 짊어져야 했던 이유들을
이것저것 들추어내다 보니

가슴 아팠던 가족사까지 들먹인 것 같다.
누구에게도 말하지 않았던 치부를 꺼내 보여 부끄럽다.
그러나 진솔하게 다 밝히고 나니
속이 시원하고 후련한 기분마저 든다.

시골 농사라는 것이 얼마나 일손이 많이 가는 일인가.
자식 농사 잘못 지은 죄로 그 많은 일들을 어머니 혼자
다 감당하셨으니 말이다.
다른 것은 몰라도 어머니는 일복이 참 많으셨다.
그런 어머니를 조금이라도 돕자는 생각에
어린 내가 달려들었고
그 일환으로 뒷간에 가득 찬 똥오줌을
내가 똥지게로 퍼냈던 것이다.
그토록 가슴 아팠던 가족에 얽힌 사연도
지금에 와서는 아련한 추억이 되고 있다.

26

염라대왕으로부터 퇴짜 맞다

초등학교에 다니던 시절
그때도 대전에서 봄 방학을 보내고
고향으로 가는 길이었다.
대전역에서 목포행 열차를 타고 연산으로 가는 도중에
하마터면 기차에서 떨어져 죽을 뻔한 적이 있다.
당시에도 이동 인구는 많았고 그 사람 수에 비해
열차 운행 빈도가 턱 없이 적었다.
따라서 입석 좌석 할 것 없이 객실은
사람들로 항상 만원을 이루었다.
통로에도 장사꾼들의 짐보따리와 여행객들로
발 디딜 틈이 없을 정도였다.
때로는 짐을 올려놓는 선반에까지
아이들이 올라가 있는 모습을 목격할 수 있었다.
한번은 편히 가야겠다는 얄팍한 생각에
석탄을 실어나르는 짐칸에 올라탔다가
웃이며 얼굴에 새까만 석탄 가루로 뒤집어쓴 적도 있다.

일부 사람들은 답답한 객차 실내를 벗어나
탑승구 계단 입구로 나와서 시원한 바람도 쐴 겸
스쳐 지나가는 풍경을 감상하기도 한다.
위험천만한 일이긴 하나
그 시절만 하더라도 그런 여행객들이 많았다.
승무원들조차도 승차권 검표에만 신경 쓸 뿐
그런 행동에는 그다지 크게 관여치 않았다.
탑승 인원이 워낙 많았고 언제나 정원을 초과하다 보니
그와 같은 행동은 예사로 벌어지는 일들이다.

가수원역을 통과할 때쯤이었다.
나도 답답한 생각에 객실에서 나와
탑승구 왼쪽 난간에 걸터앉았다.
따뜻한 봄볕을 쬐고 있노라니
나도 모르는 사이에 졸음이 몰려왔고
깜빡 눈을 감고 말았다.
잠시 졸았던 것이다.
그 순간 "꽈당" 하고 굉장히 큰 파열음을 내며
무언가 열차와 부딪치는 소리와 함께
강한 진동이 열차로 흡수되는 느낌을 받았다.
그와 동시에 눈을 번쩍 떴다.
그제서야 내가 졸고 있었다는 사실에
또 한 번 놀랬다.

등골이 오싹해지며 식은땀이 좌르르 났다.
얼마나 위험한 짓을 하고 있었는지
그제서야 깨달은 것이다.
조금이라도 중심이 앞으로 기울었다면
그대로 열차에서 떨어져 죽을 상황이었던 것이다.
모르긴 해도 그 자리에서 1분만 더 졸았으면
황천행 열차로 갈아 탔을 것이다.
염라대왕이 날 살리려고 그랬던 건지
그 소리가 졸고 있는 나를 잠에서 깨도록 만든 것이다.

그 굉음의 출처는
건널목을 지나려던 트럭이 미처 철로를 빠져나기지 못한 채
차 뒤 밤바와 열차 승강구가 서로 부딪치며 내는 소리였다.
그 사고가 아니었으면 나는 계속 졸았을 것이고
열차가 오른쪽으로 휘어진 곡선을 달리기라도 하면
그 원심력에 의해 십중팔구
앞으로 떨어져 죽었다고 봐야한다.
다시 말해 그 트럭과 열차와의 충돌이
결국 내 목숨을 살린 것이었다.
이런 행운이 또 어디 있을까.
다른 사건을 통해서 내 목숨을 구하게 된
이 같은 확률은 아마 100억 분의 1도 되지 않을 거라는 생각이다.
천운이 아니고서야 일어날 수 없는

정말 기적 같은 일이였다.

속된 말로, 아직 세상 구경 다 하지 못한 풋내기 아동이라

염라대왕 문전에서 퇴짜 맞은 격이었다.

그 1분이란 내외의 시간이 생과 사를 넘나들게 했던

참으로 아찔한 순간이었다.

27

사라진 물둠벙과 두레박

내 고향 벗말처럼 주변에 또랑이나 냇물이 없는 곳에서는
민물고기 한번 맛보기가 매우 어려웠다.
논에 물을 대기 위해서 만들어 놓은 물둠벙을 퍼내고
그곳에서 나오는 민물고기를 잡는 것 말고는
별다른 방법이 없었다.
옛날에는 요즘처럼 농수로가 발달되지 않아서
벼농사를 짓는 농가에서는 논 가장자리에
커다란 구덩이를 파서 그곳에 물을 가두어 놓고
필요할 때마다 그 물을 퍼 올려 사용했던 것이다.
우리 동래 주변에는 그와 같은 물둠벙이 여러 곳에 있었다.
가을 추수가 끝나고 둠벙에 가두어 놓았던 물이 필요 없게 되면
동래 청년들이 그 물둠벙을 품어서 잡은 물고기로
동래 잔치를 벌였다.

그랬던 물둠벙이 요즘엔 모두 살아진 것이다.
농사짓는 데 필요한 수로가 잘 발달되어

물둠벙이 필요 없는 시대가 되었기 때문이다.
따라서 옛날처럼 둠벙을 퍼내고
그곳에서 고기 잡던 농경문화도 함께 사라진 것이다.

둠벙의 물을 퍼내기 위해서는 우선 두레박이 있어야 한다.
요즘 젊은이들은 두레박이 뭔지 잘 모를 수도 있다.
잠시 그것부터 설명해야겠다.
두레박이란?
땅속 깊게 판 우물에서 물을 퍼 올리는 도구로
물통 즉 두레박에 기다란 끈이 하나 매달려 있다.
그 두레박을 우물에 넣고 물이 가득 채워지면
그 끈을 잡아당겨서 물을 퍼올리는 것이다.
그러나 우리가 지금 말하려하는 두레박은
우물에서 사용하는 것보다 그 크기가 서너 배는 크며
두레박 양쪽에 두 줄의 끈이 매달려있다.
두 사람이 마주보고 양쪽에서 그 끈을 동시에 잡아당겨
얕은 곳의 물을 높은 곳으로 퍼올리는 도구다.

이런 식으로 장정 두 명씩 교대 해가며 둠벙 물을 퍼낸다.
둠벙에 고인 물이 반 이상 줄어들면
두레박은 더 이상 사용할 수 없다.
두레박을 둠벙 아래로 길게 내릴 수 없기 때문이다.
이때부터는 여러 사람이 일렬로 서서

대야로 퍼낸 물을 옆 사람에게 넘겨주는 방식을 취한다.
둠벙 바닥이 들어날 때쯤 되면
큰 물고기들은 퍼덕이며 요동을 친다.
이때 손으로 잡기도 하고 뜰채를 사용하기도 하는데
동원된 사람들이나 구경꾼들이 함께 환호성을 지르며
축제의 분위기가 고조된다.
주로 많이 잡히는 고기로는 메기와 붕어 그리고 게 등이다.
이렇듯 둠벙 하나에서 잡히는 민물고기가
동래 잔치를 벌일 만큼 넉넉히 한 박스 정도는 된다.
일을 마치고 마을로 돌아오면
그 일에 참여한 사람이든 못한 사람이든
동래 사람 모두가 십시일반으로
밥이나 반찬 등을 가져와서 함께 먹고 즐긴다.
그야말로 동래 잔치를 벌이는 것이다.
거동이 불편해서 참석치 못하는 어르신들에게는
어죽 한 그릇이라도 갖다 드리며
마을의 화합을 도모했다.
단백질 섭취가 부족했던 그 시대에
민물고기를 잡아 영양보충을 할 수 있었던
이와 같은 기회가 당시엔 그리 흔치 않았던 것이다.

우물이나 물둠벙과 함께 살아진 속담 하나가 있다.
끈 떨어진 두레박 신세라는 말이다.

그 옛날 우리들이 어렸을 때
주변에서 많이 사용하고 듣던 정감 넘치는 속담이다.
그러나 요즘엔 어디에서도 들어볼 수 없게 되어 버렸다.
시대의 흐름에 따라 그 시대의 언어문화도
변천을 거듭하고 있다는 증거라 하겠다.
사람이 먹는 우물이나 논농사로 사용되던 물 관리가
이전과는 대폭 바뀌면서 어쩔 수 없이 발생한 사회문화적 현상이다.

이 속담의 뜻인 즉
두레박에서 끈이 떨어져 나가
두레박이 쓸모없게 되고 말았다는 것이데,
끈이 매달려 있을 때는 그 위세가 당당하고 의기양양했지만
지금은 그렇지 못하다는 것을 의미한다.
다시 말해 기댈 곳도 의지할 곳도 없는
외롭고 쓸모없는 신세가 되어
이제 남들이 알아주지 않는다는 뜻이다.
직설적으로 풀이하지면 돌봐주던 사람을 잃거나
지위 등 어떠한 권위 있는 자리를 박탈당했을 때
그 사람을 일컬어 사용하는 말이다.

2부

발가벗은 나

28

뿌리를 찾아서

충주박씨 내외 자손보(1696년 숙종20)가
문헌상으로는 우리 박씨 가문을 대표하는 최초의 족보다.
이 책은 대전 뿌리공원 족보 박물관에 비치되어 있다.
충주박씨 가문의 시조는 신라 경명왕의 다섯째 아들
박언창의 12세손 박영이다. (세종실록 지리지)
나는 어려서부터 가을이 되면 아버지를 따라
시제를 지내러 다녔다.
그중 가장 먼저 지내는 시제는
내게로 19대조인 참의공 할아버지다.
재실은 대전 도마동 도솔산에 위치해 있고
현재 지방문화재로 등록되어 있다.
구전에 의존하거나 검증되지 않은 대부분의 족보는
자기 조상을 과시하기 위한 수단으로
부풀어져 있거나 가짜가 많다고 한다.

우리 충주박씨 조상에 대한 계보는

역사와 문헌에 따른 내용이기에
그 실체가 확실하며 공신력 있음을 담보한다.
"대명천지 이 밝은 시대에
무슨 얼어 죽을 족보 타령이냐?"
"장롱 위에 내려앉은 해묵은 먼지를
털어낼 때 나는 쾌쾌한 냄새다."
"집어치워라."
이렇게 질타하는 사람도 있을 수 있겠다.
그러나 세월이 아무리 흘러가도
나를 나아주신 부모가 없어지지 않는 것처럼
조상을 기리는 것은 너무나 당연한 일이다.
나라를 위해 목숨 바쳐 희생하신
애국선열을 기리는 것과 같은 맥락이라 하겠다.
옛날처럼 조상을 들먹이며 자랑하고 의시대는 시대는
이미 지났다.
하지만 그런 훌륭한 조상이 있다는 것을
굳이 숨길 필요도 없을뿐더러 자부심을 가져도 좋겠다.
내 아버지처럼 올곧게 살지 못한 내가 창피하듯
내 아들도 나를 보며 배우지 않겠나. 하는 생각에서다.
앞으로는 조상을 바라보는 시각도
그런 차원에서 달리 해석되어야 한다고 본다.
대전에 소재한 뿌리공원에
지금도 수많은 방문객이 있다는 사실은

그만큼 조상에 대한 관심이 있음을 확인시켜 주는
예라 하겠다.

내 할아버지는 지방의 유림이셨다.
타계하시기 전까지 훈장으로 계시면서
후학들을 많이 배출했다.
할아버지가 기거하시는 사랑방에서
제자들의 책 읽는 소리가
항상 담을 넘어 이웃으로 널리 퍼져나갔던 것이다.
할아버지는 노후에 안질병에 걸려 실명된 상태라
책을 읽을 수가 없었다.
제자가 소학이나 대학 등 읽다가
막히는 곳이 있으면
머릿속에 기억된 다음 구절을 설명하며 가르치셨다.
할아버지 머릿속에는 사서삼경(四書三經)의 모든 내용이
이미 자리 잡고 있었던 것이다.

할아버지가 운명하시고 장지로 향하던 날
상여 앞에 30여개가 넘는 만사(輓詞) 행렬이
이승에서의 마지막 가시는 길을 안내했다.
만사는 만장이라고도 하는데
정확한 의미는 모르겠으나
사자의 지인들이 망자를 애도하는 차원에서 지은

자작시라 한다.
나라에서 치루는 국장이나 국민장일 경우
긴 행렬을 이루고 있는 100여 개의 만사는 보았으나
할아버지 경우처럼 가족장에
그토록 많았던 만장은 이제껏 한 번도 본 바가 없다.
짐작컨대 지방에서 할아버지의 품격과 덕행이
얼마나 컸던가를 알 수 있는 장면이다.
그래선가 할아버지 살아 계실 때
주변 사람들이 존경하는 의미로 호인 어르신이라 불렀고
명절이 되면 여러 제자들로부터 늘 선물을 보내왔다.

당시에 웬만한 살림을 꾸려가는 집에서 상을 당하면
사후 3년 상을 치르고서야 탈상하는 것을
당연한 것으로 여겼다.
지청을 만들어 놓고, 3년 동안 조석으로
수발을 올리는 행위를 말하는 것이다.
우리 가족은 그 만사로 지청을 꾸몄으며
3년이 지난 후엔 내가 그것을 이제껏 보관하고 있다.
생전에 할아버지 영향을 많이 받고 자란 아버지께서는
한의사 자격증을 회득하시고
평생 한의원 원장으로 계시며 병든 사람들을 치료했다.
내게로 친 형님은 할아버지 수하에서
자치통감(資治通鑑) 12권을 수학했고 누님은 명심보감(明心寶鑑)을 배웠다.

나는 초등학교 입학하기 전에

천자문(千字文)과 동몽선습(童蒙先習)을 뗐는데

천자문을 뗐을 때는 책거리라 하여

어머니께서 떡을 만들어 이웃들과 나눠먹은 기억이 있다.

나는 어릴 때부터 그런 가정환경에서 자랐기 때문에

가문에 대한 자긍심이 남달랐다.

철이든 이후에는 스스로의 행동거지를 조심했고

언행을 바르게 하는 데 애썼다.

29

추억의 파편들

서서히 다가오는 삶의 종착역을 의식하며
그 몇 구간 전쯤, 어느 간이역에 잠시 내려
낡은 의자에 지친 몸을 기댄다.
어딘가를 향해 먼 여행을 떠나는 사람들이
분주히 오가고 있다.

누가 나에게 현재의 내 모습을 그려 보라면
이같이 대답할 것 같다.
다시는 돌아갈 수 없는 인생 열차를 타고
정신없이 그리고 정처 없이 이곳저곳 떠돌다
어느 간이역에 내려 잠시 쉬면서
주마등처럼 스쳐간 지난날들을 추억하고 있는
나를 보는 듯한 장면이다.

지금은 기억조차 없는 내 삶의 궤적 어느 곳인가에
기록된 소중한 추억들이나 다시는 떠올리고 싶지 않은

나를 슬프게 했던 가슴 애린 이야기들마저
이삭 줍듯 하나둘씩 찾아내
문자로 시로 옮겨보고 싶은 마음에서
뒤늦게 펜을 든 것이다.

이 인생 열차의 출발지는 어디였으며
어느 경로를 통해 여기까지 왔고
또 어디로 향할 것인가?
삶이란 무엇인가?
삶에 대한 이 근본적인 질문들에
아무리 여러 번 생각해도
그 해답은 찾을 길 없다.
괜한 생각에 마음만 심란해진다.
영원히 풀지 못할 신기루 같은 존재가
바로 인생이 아니던가.
답이 없다는 사실을 일찍 알았음에도
생활에 전혀 도움이 되지 않는 일에 매달려
헛수고만 한 것 같다.
이에 대한 답을 구하고자
한평생 구도의 길을 걷는 수도승처럼
오늘도 스스로에게 무한 반복 되묻고 있는
내 자신을 발견한다.
인생 철학자라도 된 것처럼.

그런데 어찌 하랴.
이러는 것도 삶의 일부인 것을….

지나간 내 삶은 결코 내가 원했던 길이 아니었다.
또한 앞으로도 그럴 것 같다.
그 길고 험난했던 지난날의 이야기 속에는
아픔도 후회도 쓰라린 실패도 고단함도 있었고
한때는 성공의 기쁨에 흠뻑 취했던 적도 있다.
동 시대를 함께 살았다면 누구나 경험했을
소소하면서 단편적인 추억들을 한곳에 모아 보았다.
가까운 지인들과 술 한잔 기울이며
그 시절을 잠시 회상하고 서로 교감할 수 있는
편안한 시간을 갖고 싶은 마음에서다.
아니 술상 옆 좌석에 앉아 있는 낯선 사람이라도 좋다.
동 시대를 살면서 함께 고뇌하고 아파했던 사람이라면
더욱 그렇다.
어쩌면 그간의 삶을 반추해 보며 정리하는
마지막 기회가 될지도 모를 일이기 때문이다.
아~
그런데 어찌하랴.
젊은 날에 그 현란했던 입담과
화려했던 수식어는 다 어디 가고
손에 쥐고 있는 펜마저 어디에 두었는지 몰라

이곳저곳 찾고 있는 신세가 되었으니.
어쩌다 이 모양이 되었을까.
세월 앞에 장사 없다는 말
이를 두고 하는 것 아닌가 싶다.
하지만 낙담만 할 일도 아닌 듯하다.

연어가 강한 귀소본능에 이끌려 고향으로 향하듯
나는 이미 컴퓨터 앞에 앉아
내 역사의 어느 길목에 숨겨진 추억을 찾아서
오늘도 키보드를 두드리고 있지 않은가!

광부가 광맥을 따라가며 보석을 캐듯
파묻힌 기억들을 한 조각씩 되찾아간다.
기구한 시대에 태어나 숙명적인 삶을 살아야 했던
우리 모두의 가슴 절절했던 추억들을
명주에서 실을 뽑아 실타래에 감듯
차근차근 조심스럽게 기록해 보련다.
새로운 도전에 가슴 뛰는 흥분과
카타르시스(catharsis)를 느끼며….

30

내 성격을 진맥하다

심리학자들에 의하면
성격을 규정함에 있어서, 크게는 햄릿형과 돈키호테형
이 두 가지로 구분한다.
햄릿형은 차분하고 정적이며 매사에 생각이 깊은 반면
돈키호테는 액티브(active)하며 생각나는 대로
거침없이 행동하는 천방지축(天方地軸)형이다.
이 둘 사이는 아주 극명하게 비교되는 캐릭터로
소설에서나 영화에서도 자주 인용된다.
이 두 성격에 대한 장단점을 구체적으로 살펴보자.

햄릿형 인간은 실패할 확률은 적으나
생각이 너무 깊어서 결정적인 기회를
놓치기 쉬운 성격이다.
돈키호테형은 어떠한 일이든 별 생각 없이
우선 일을 저지르고 본다.
따라서 어떠한 분야든 누구보다 앞서가는 장점이 있으나

대신 리스크가 크다.
작가의 성격은 햄릿형에 일부 비슷한 부분이 있는 반면
천방지축을 빼고는 후자에 더 가깝다.
긍정적 측면으로는 담대하고 호방한 성격이지만
부정적 시각에서 보자면
무모하거나 단순하게 보일 수도 있다는 것이다.
그런 점에서 볼 때 나는 차근차근 따져보고 용의주도(用意周到)하게
문제의 핵심을 찾아가는 스타일이 아니다.
일단 결정되면 무서운 줄 모르고 몸을 던져 즉시 몰아붙인다.
이후 발생되는 리스크는 진행 과정에서 하나씩 해결해 가는
스타일이다.
추진력과 돌파력 하나만큼은 둘째가라면 서러울 정도다.
그러는 과정에서 많은 시행착오와 실패도 있었고
돈도 많이 까먹었다.
이를 모를 턱이 없는 나 스스로가
그런 행위를 반복하며 한평생 살아온 것을 보면
태어날 때 부모님으로부터 상속받은 DNA 즉
천성은 어쩌지 못하는 것 같다.

맥이 좀 다른 이야기이긴 하지만
해 보고 후회하는 것과 해 보지 않고 후회하는 것 중
하나를 선택하라면
난 주저없이 전자를 선택한다.

"어차피 후회할 일인데,
무엇하러 에너지 소비하고 땀 흘리나."
"미련한 바보처럼."
"안 하고 말지."
이렇게 생각하는 사람들도 꽤나 있는 것 같다.
그러나 나는 그렇지 않다.
기왕지사 후회할 거라도 해 보고 후회해야
아쉬움도 미련도 없기 때문이다.
다시 말해 난 숙고형이라기보다는
액션형 인간에 가깝다는 것이다.
그런 성격 때문인가.
난 어린 시절부터 일 저지르기로 마을에서 유명한
사고뭉치였다.
조용하던 시골 마을에 뉴슷거리가 생기기라도 하면
그 중심에는 항상 내가 있었다.
오죽했으면 동래 할머니들이
어린 나에게 별명을 제 각각 지어주셨을까.
다른 단원에서도 소개한 바 있지만
감무쇠, 도치뿔, 세돌뭉치, 감찰부장 등이다.
지금 생각해도 내 자신이 별난 아이였던 것만은 확실하다.

환갑이 넘어서 이제 겨우 철들은 탓일까.
나이가 들면서 그 천성도 조금씩 바뀌는 것 같다.

일을 시작함에 있어서 이것저것 변수를 예측하고
그에 대한 대비책을 철저히 구해 놓고 출발한다.
아주 신중한 성격으로 변하고 있다는 증거다.
오랜 세월 실패와 성공 사이를 수없이 넘나들며
쌓아올린 노하우가 기반이 된 것이다.
이제는 첫째도 안전 둘째도 안전
안전 제일주의자가 되어가고 있다.

31

가난과 허기 그 처연한 삶

춥고 헐벗고 배 곯았던 1950년대
그 시절에 살았던 대다수 사내아이들 더벅머리에는
하얀 석해가 떼를 지어 기생했고
보리만 한 크기의 이들이 겨드랑이 사이로
슬금슬금 기어다녔다.
잡아도 또 잡아내도
왜 그렇게 어디서 생겨나는지
저녁 식사를 끝내고 잠자기 전에 내의를 벗어 뒤집는다.
그리고 이가 많이 출몰하는 사타구니 쪽이나
겨드랑이 주변 이스매 부분을
화로에 달군 인두로 지저댄다.
그러면 석해 터지는 소리가 콩 튀듯 했다.
그 시절 이른 봄 어느 날
따뜻한 양지 마루에 앉아 이 잡던 모습은
흔히 볼 수 있는 광경 중 하나였다.

시골에는 목욕 시설이 없다.
겨울철에는 목욕 한번 못 해 보고 한 해 겨울을 나야 한다.
시커먼 때가 소나무 껍질처럼 두꺼운 딱지가 되어
양쪽 무릎이나 발뒤꿈치에 붙어 있다.
늦봄이 되어서야 겨우 가마솥에 끓인 물에 한참 동안 불려서
작은 돌멩이로 문질러 갈아내곤 했다.
가난이 원수던가.
따뜻한 속옷 한 벌 제대로 입지 못해
겨울철에는 감기를 달고 살았다.
누런 콧물은 왜 그리 많이 나왔던지
훌쩍거리다 목구멍으로 삼키기도 하고 아니면
양쪽 소매 위에다 수시로 닦아냈다.
갈아입을 때가 지난 옷소매는 말라붙은 콧물로
풀칠해 말려 놓은 것처럼 반질반질해졌다.
그 시절에는 이렇게 매서운 추위를 견디면서
한 해 겨울을 나야 했다.
그래도 동래 고샅(골목)에서 노는 재미에 빠져
땅거미가 지도록 집에 들어가지 않았다.
요즘에는 별 흥밋거리도 되지 않을
자치기 팽이치기 올챙이가이생 등
매일 하는 놀이였음에도 시간 가는 줄 몰랐던 것이다.
어머니가 저녁 먹으라며 서너 차례 부르고 나서야
겨우 집으로 향했다.

어느 것 하나 풍족함 없이
남루하고 처연했던 그 시대의 삶이
뭐가 그리 자랑할 만한 일이라고
가슴 시리도록 그리운 추억으로
우리 앞에 다가오는 것일까.
그때 함께 뛰놀던 고향 친구와 주고받는 술자리에
그 시절 그 이야기들이 다시 소환되어
오늘 밤에도 박장대소(拍掌大笑)를 하고 있으니 말이다.

심하게 고생했던 과거일수록 더욱 진한 추억으로
우리 앞에 가까이 다가서는 것은
참 아이러니한 일이다.

32

편지

비록 가난했지만 나는 어머니 치맛자락에 싸여
어머니 사랑을 듬뿍 받으며
부러움 없이 유소년 시절을 보냈다.
청년이 되어서는 무언가 확실하게
손에 잡히는 것 없이 오늘 내일을 방황하며
아까운 시간만 탕진해 버렸다.
나와는 전혀 다른 궤적의 자취를 남기며 살았던 옛 친구가
최근 자신의 시 한수를 나에게 보내왔다
그 역시 학창 시절에 문학을 꽤나 좋아했던 친구다.
그 화답으로 나도 편지 한통을 보냈다.
여기에 그 내용의 일부를 공개한다.
너나없이 모두가 방황했던 그 암흑의 시대를
편지 내용에 나는 이렇게 적시했다.

옛 친구 여선이 보내준 시를 되뇌이며
이곳 소식을 전한다.

사춘기와 청춘이란 로맨틱스(romantics)에
흠뻑 취해 있어야 할 나이임에도
친구는 벌써 인생이라는 커다란 화두를 끌어안고
구도승처럼 고뇌하고 있었으니
동병상련(同病相憐)이란 이를 두고 하는 말이 아니가.
삼선개헌, 12·12사태, 체육관 선거, 광주사태 등
일련의 대형 사건들이 이 사회의 모든 이슈를 집어삼키고
국가가 혼돈의 도가니 속으로 빠져들고 있는
바로 그때가 우리의 청춘기였다.
피를 먹고 성장하는 것이 민주주의라지만
젊은 우리들이 이 모두를 감당하기에는 너무나 힘이 부쳤다.
이름만 들어도 화가 치밀어 오르고
속이 뒤집히는 단어들이 아닌가.
군화 발로 짓밟힌 자유와 민주.
독재가 발악을 하던 비극의 시대를
온 몸으로 관통하면서 살아온
우리의 청춘은 설 자리가 없었던 것이다.
부서져 흐트러진 정의라는 퍼즐을
한 조각씩 찾아서 꿰맞추던 우리들
자유로운 영혼의 에너지가 그 분출구를 찾지 못하고
친구의 그 분개함이 냉소와 탄식
그리고 독설이라는 시의 언어로
영원히 지울 수 없는 꽃이 되어

다시 피어났구나.
지금도 시구에서 독 향기가 풍긴다.

그래도 어머니란 부름 앞에
홍분했던 우리 마음의 모든 것들이
단숨에 녹아내린다.
우리 모두의 영원한 노스텔지어
어머니, 어머니, 어머니.

33

유정 만리

겨울 양식은 바닥이 나고
여름철 보리 수확을 하기 전까지
대부분의 사람들은 먹을 것이 없어서
나무껍질이나 풀뿌리로 허기진 배를 채웠다.
당시 사람들은 이 시기를 보릿고개라 부른다.
일 년 중 가장 힘든 때다.
그나마 생활 형편이 좀 괜찮은 집은
하지감자나 보리밥이 주식이었다.
옛날 옛적 얘기 같지만 지금부터 그리 멀지 않은
약 오육십 년 전 이야기다.

당시에는 동래마다 같은 성씨들이 모여
씨족 사회를 이루고 사는 집성촌이 많았다.
우리 동래만 하더라도 몇 가구 빼고는
촌수로 우리와 가까운 동기간(친척)들이 대부분 살고 있었다.
우리 집은 상대적으로 괜찮은 편이어서

먹고사는 데는 어려움이 없었다.
아버지는 대전에서 한의원 원장으로 계셨기 때문에
집안 농사는 어머니가 도맡아 하셨는데
농사일이라는 것이 해야 할 일이 얼마나 많은가.
해도 해도 끝이 없는 게 농사일이다.
어머니는 일복이 터진 분이셨다.
잠시도 쉬지 않고 부지런히 일만 하시던
어머니 모습이 지금도 눈에 선하다.
늘 콩밭 밭고랑에서 호미질을 하셨고
때가 되면 왕골을 수확해서 할머니와 함께 돗자리를 짜셨다.
해마다 양잠을 해서 논산장에 내다 팔며
시간이 좀 난다 싶으면 베틀에 올라 앉아 삼베를 짜시고
겨울철 농한기에는 사랑방에서 밤늦도록 가마니를 짰다.
그야말로 손발이 다 닳도록 일만 하신 분이다.

때로는 집에서 두부를 만들었는데
그럴 때마다 이웃 친척들이 일손을 거들었고
만든 두부를 함께 나누어 먹었다.
김장 할 때나, 장 담글 때도 그랬다.
당 시대를 지금과 비교하면
여러 가지 측면에서 천장지 차이가 난다.

특히 그때는 있었는데 지금은 없어진 것이 있다.

이웃과 서로 상부상조(相扶相助)하며 인정이 흘러넘치는
유정 만리(有情 萬里) 시대를 말하려는 것이다.
춥고 배고파 굶주렸던 그 시절에도
아낙네들이 모여 수다를 떠는 곳
우물가나 빨래터에서는
그들의 웃음소리가 멈추지 않았었다.
요즘과 같이 물질 풍요와 물질 만능 시대에 살면서도
이웃에 누가 살고 있는지조차 모르는 것과는
너무나 극명하게 대비되는 현상이다.

식사 때가 되면
어머니께서는 이웃의 사정을 잘 아는지라
옥수수라던가 감자를 가마솥에 가득 삶아서
어린 나를 시켜 이웃에 보냈다.
어떤 집에서는 그것이
한 끼니가 되었을지도 모를 일이었지만….
이것이 지금은 없어져 아쉬움이 가장 큰
당시의 가슴 따듯한 유정 만리(有情 萬里) 시대다.

34

오동잎 지다

한 치 앞을 가늠할 수 없는
불안한 삶을 두 어깨에 짊어지고
처자식 배 곪기면 어쩌지 하는 마음에
허리가 휘도록 일하면서
오로지 앞만 보고 살아온 인생이다.
지나고 보니 그 세월은
거리도 속도감도 느끼지 못한 채
어느 날 갑자기 사라져 버린 허망한 꿈같다.
옛 시인들이 즐겨 노래하던 시 한수가 생각난다.
오동나무 그늘 아래 누어
잠시 잠이 들었다가
스치는 바람결에 언뜻 깨고 보니
춘몽이더라.
이와 같이 인생은 허망한 것이라 하였다.

아들 딸 장성하여 분가시키고

태산보다 높다는 고희령 고갯마루에 올라서고 보니
기다렸다는 듯 다가서는 병마
차돌처럼 단단하고 건강했던 몸은 한 군데씩 무너져 내리고
나만은 영원히 늙지 않을 거라 생각했었는데
늙어만 가는 흰 머리카락들
하루가 다르게 쇠진해 가는 몸을 바라보며
세월이 그저 탄스럽고 슬플 뿐이다.
어느덧 해는 서산에 걸려있고
붉게 물든 노을은
어쩌면 그렇게도 지금의 나와 똑같이 닮았을까.
이쯤해서 요즘 내 심경을 노래한 졸작의 시 한 수를
옮겨 본다.

긴 꿈 깨어나니 오동잎 지네
탓한들 무엇하랴 덧없는 세월
대장부 큰 뜻 이룰 길 없어
청산 백운 벗하며 유유자적하리라.

지금껏 스스로를 대장부라 자칭하고 살면서
몇 구간 남지 않은 잔여 인생에 대한 사용처를
서너 소절로 압축해 표현해 본 것이다.
해석해 보자면
청운의 꿈을 이루고자 한평생 고된 길을 걸어왔지만

대장부 그 큰 뜻은 어디로 사라졌는지
이제 와서 보니 그저 나이만 먹었구나
흘러간 세월을 탓해 봤자 무엇하랴
지금부터라도 자연을 벗 삼고 느릿한 마음으로
남은 인생 여유롭게 즐기며 살리라.
대충 이런 뜻이다.

꿈같이 허망한 짧은 인생
두 손으로 부둥켜 쥐고
왜 그렇게 노심초사(勞心焦思) 고뇌하며 살았는지 허탈할 뿐이다.
불어와 콧등을 스치는
스산한 가을바람이 쓸쓸하구나.

35

사춘기와 자위행위

나는 다섯 살 무렵부터 성에 대한 신체적 발육이
시작된 것으로 기억한다.
성기가 옷에 스치거나 외부로부터 자극을 받으면
나도 모르게 발기되었다.
혼자 있을 때는 자연적으로 손이 성기를 만지게 되었고
그러면 기분이 좋아졌다.
성장하면서 그런 행위를 계속 반복하다가
초등학교 5학년이 되었을 때
처음으로 정액이 분출하는 경험을 했다.
그때는 정액이 뭔지도 모르는 상황에서
스스로 깜짝 놀란 기억이 있다.
이런 행위는 누가 가르쳐 준 것도 아니며
자연적으로 알게 된 것이다.
따라서 나는 신체적으로 성적 발육이 남다르게
조숙했던 것 같다.

정신적으로 느끼는 이성에 대한 감수성은
아마 초등학교 저학년 시절이 아니었나 생각된다.
그때는 예쁜 여자 아이들만 보아도
이상야릇한 감정이 들었고 가슴을 뛰게 했기 때문이다.
일반 상식으로는 사춘기에 신체나 정신적으로
성에 대한 발육이 왕성할 거라고 생각되는데
내 경우는 그렇지가 않았다.
중학생이 되었을 때는 얼굴에 여드름이 가득했고
친구들로부터 여드름 박사라는 별명까지 얻으면서
놀림을 당했다.
지금 생각해 보니
나는 그때가 사춘기였던 것으로 생각된다.
몽정은 사춘기 그 시절에 처음으로 경험했다.
그 사춘기에 이르러서는 자위행위(Masturbation)를
너무 자주했다.
하고나면 바로 욕구가 생겨나서 또 하게 되었다.
그러면서 줄일 수 있는 방법이 없는지.
고민도 많이 했다.
그것을 너무 자주 하게 되면
키가 안 큰다든가 뼈가 삭는다는 등
무섭고 두려운 얘기들이 학생들 사이에 떠돌았기 때문이다.
한번은 용기를 내어 같은 고민에 빠져 있는 친구들과 함께
생물선생님에게 상담을 받아 보기도 했다.

선생님 말씀으로는
그런 욕구가 생길 때마다, 밖에 나가 운동을 해 보라는
것이었다.
하지만 마그마처럼 분출하는 에너지를 제어하는 데는
큰 효과를 보지 못했던 것으로 기억한다.

요즘 강간이나 성폭행의 1차적 범죄가
살인이라는 2차적 범죄로 이어지는 뉴스를
거의 매일 접하면서
처벌 중심에서 벗어나 예방할 수 있는
묘책이 없을까.
고민해 본다.
세상의 모든 수컷들의 본능은
인간이라고 해서 특별히 다를 것이 없다.
다만 사람을 제외한 모든 동물들은
종의 번식을 위해
교미할 수 있는 기간이 정해져 있는 반면
오직 인간만은 사랑을 무제한 즐길 수 있다.
이것이야 말로 신이 인간에게 내려 준
가장 큰 선물이며 축복이 아닌가 생각된다.

동물의 왕국에서 보듯이
수컷들은 자기의 씨를 남기기 위해서는

수단과 방법을 가리지 않는다.

경우에 따라서는 목숨을 걸고 치열하게 싸우다 죽기도 한다.

애처로울 정도다.

특별한 경우라 하지만

사마귀 수놈은 교미 후 암컷에게 잡아먹히면서까지

자기 씨를 남기려 하는 것이다.

이와 같은 자연의 이치로 보아

우리 인간들의 원초적 본능을 단순히 법리라는 잣대로

단죄한다는 것은 다소 무리가 있다고 본다.

법보다 우선하는 것이 자연의 순리이기 때문이다.

예를 들어 아메리카 서부 개척 시대처럼

위안부(창녀)를 합법화해서 양성화시키는 것도

한 방법일 수도 있다.

지금도 세계 어느 나라에서건 음성적으로 암암리에

매춘이 이루어지고 있는 것이 현실이다.

이를 수면 위로 끌어올려 보자는 것이다.

이 문제는 인류 역사가 시작될 때부터

어느 사회에서나 존재해 왔고

또 앞으로도 계속될 것이다.

무조건 막는다고 해서 해결될 수 있는 문제가 아니다.

어떤 형태로든 출구가 반드시 있어야하기 때문에

특단의 조치가 필요하다는 것이다.

그로 인한 이런저런 사회적 문제가

더 많이 발생할 수 있다는 것 때문에
안 된다고만 고집할 것이 아니다.

현대 사회는 여성들의 심한 노출 등
매스미디어(Mass media)를 통한 에로티즘(Erotism) 문화가
남성들의 본능을 자극하는 데 일조하고 있다.
온 가족이 함께 TV를 보기에 민망할 정도다.
뿐만 아니라 여성들도 덩달아 성의 발육이 앞당겨져
초경의 시기가 초등학생으로 내려갔다 한다.
이러한 것들이 남자들의 성욕에
기름을 붙는 격이 아닌가 생각되는 것은
비단 작가만이 아닐 것이다.

요즘 젊은이들은 작가처럼 어려서부터 유교사상을
사회적 기본 질서로 몸에 익히면서 살아온 세대가 아니다.
개인의 자유가 우선시 되는 현대 사회에서는
이 시대에 걸맞은 성에 대한 새로운 패러다임(Paradigm)이
절실히 요구되는 시점이라 하겠다.

36

그리운 우리 어머니

칠십 령 고개를 넘은 나이임에도
우리 어머니를 생각하면 가슴이 먹먹해진다.
누구나 어머니의 지극한 사랑을 받으며 자랐을 것이다.
우리 어머니 역시 그런 분이셨다.
어렸을 때 말썽이란 말썽은 다 부리며
개망나니 노릇만 하고 다니던 나였다.
그런 나를 끝없는 사랑으로 품어주셨던 우리 어머니시다.
어른이 된 지금에 와서도
당시 내가 하고 다녔던 행동을 이해하지 못할 정도로
못된 짓만 골라서 했기 때문이다.
싸웠다 하면 나였고
누구네 기물을 부셨네 하면
그 역시 나였다.
그런데도 어머니는 항상 내 편이셨고
그 넓은 치마폭에 사랑이란 이름으로 감싸 주셨다.
본인께서 나은 자식이라지만

일만 저지르고 다니는 골칫덩어리가
늘 예쁘지만은 않았을 것인데 말이다.
부모가 된 지금의 나도
내 어머니의 그 깊고 한없는 사랑을
다 헤아리기 어려울 정도다.
그냥 넘어가선 안 될 정도로 상당한 잘못을 저질렀을 경우에는
바지를 걷어 올리게 하고 회초리로 종아리를 때리셨다.
그러나 이내 돌아서서 눈물을 훔치셨던 어머니시다.
매 맞은 곳이 아파서
어머니 품에 안겨 엉엉 울기라도 하면
어머니도 나를 부둥켜안고 숨죽여 우셨다.

부엌에 있는 솥뚜껑 위에나 뒤곁 장독대 항아리 위에
정안수 한 사발 올려놓고
자식의 앞날을 위해 늘 빌고 또 비셨던
우리 어머니시다.
요즘의 어머니들도 자기 자식에게
그런 무한대의 사랑을 주고 있을까?
기대하기 어렵다는 생각이 든다.
차마 입에 담지 못할 패륜적인 뉴스가
잊었다 싶으면 다시 해드라인(headline)을 장식하고 있기 때문이다.
부모가 단지 아이를 키울 자신이 없다는 이유만으로
강가에 버리거나 매장하는 등의 뉴스 말이다.

천륜을 저버렸으니 천벌을 받아 마땅하다.
세상이 왜 이 지경에 이르렀는지
말세가 가까이 오고 있지 않나 하는 생각마저 든다.

내가 어렸을 적에 알 수 없는 몹쓸 병에 걸렸던 때가 있다.
근 1년에 걸쳐 학교도 못 가고
생사를 넘나들고 있을 때였다.
아버지가 지어주신 한약을 달여 먹이며
지극정성(至極精誠)으로 나를 돌보신 어머니가 계셨기에
내가 병마와 싸워 이겨 낼 수 있었다.
혹시나 자식이 잘못되면 어쩌나 하고 불안해하시며
전전긍긍하시던 어머니 모습은
지금도 잊을 수 없다.
때로 잠에서 깨어나 눈을 뜨면
어머니께서 내 머리를 쓰다듬어 주고 계셨다.
그윽한 눈으로 날 바라보시던 어머니의
그 자애로운 모습은 나에게 영원한 천사이셨다.

또한 우리 어머니는 늘 바지런하셨다.
시간만 나면 밭에 나가 호미질 하시며
평생 일만 하다 먼데로 가신 분이다.
옷이라고는 삼베 적삼에 무명치마가 전부였던 어머니
방안 제사를 지내거나 모처럼 맛있는 음식이라도 생기면

당신은 배부르다며 내 밥상머리에 놓으시고
나만 먹으라 하시던 어머니.
철부지였던 나는 어머니의 그 말을 믿었고
혼자서 다 먹어치운 못난 자식이다.
그래도 어머니는 맛있게 먹는 자식의 모습이
그렇게도 보기 좋으셨던가 보다.
자식이라면 끔뻑하시던 그런 분이셨다.
나이가 들고 철이 들어가면서
어머니의 한없는 사랑을 조금씩 알게 되었고
효도 해 보려 할 때쯤엔
이미 별이 되어 저 세상으로 가셨다.
지금 이 글을 쓰면서도 어머니란 세 글자에
가슴이 먹먹해 오고 목이 메인다.
저 공활한 하늘을 향해
"어머니" 하고 소리 내어 불러본다.
내 영원한 노스텔지어(nostalgia)
우리 어머니.

37

천년 바위 우리 아버지

어렸을 때 나는
어머니로부터 사랑의 매를 많이 맞으며 자랐다.
워낙 사고를 많이 치고 다니는 개구쟁이였기에
당연한 일이기도 하다.
그런 반면에 아버지로부터는
매는 고사하고 손찌검 한번 당하지 않고 자랐다.
어릴 적부터 성인이 되어서까지 말이다.
철없던 어린 시절에는 아버지와 떨어져 살았기 때문에
꾸지람당할 만한 상황 자체가 없기도 했거니와
무엇보다도 아버지 성품 자체가
자식에게 회초리를 들거나
손찌검을 할 그런 분이 아니셨다.
나는 그렇다 치더라도 형이나 누나들에게도
또한 마찬가지였다.
아버지는 워낙 과묵하시고 말이 없으신 분이라
이 세상에서 가장 무섭고 엄하신 분이시다.

평소에도 내 옆에 아버지가 계시기라도 하면
죄 지은 사람처럼 숨이 막혀오고 소화도 잘 안되었으며
커다란 바윗덩어리라 두 어깨를 짓누르는 듯했다.
아버지로부터 매 한번 맞아 보지 않은 내가
왜 그토록 무서웠는지
지금도 그 점이 미스터리하다.

우리 아버지는 워낙 빈틈이 없으신 분이라
자식들에게도 하실 말씀만 하시는 분이셨다.
아들과 어쩌다 나누는 대화에서도
농담은커녕 미소 짓는 모습을 한 번도 본 적이 없다.
그런 점으로 보아 자상한 분은 전혀 아니셨다.
아버지에 대한 애정 결핍증이 있었던 것일까.
자상한 대화를 한 번도 나눠 보지 못한 것이
한으로 남을 정도였으니 말이다.
아버지와 장난도 치고 농담하는 친구들을 보면
그렇지 못한 나로서는 그 점이 무척이나 부러웠다.
그렇다고 아버지 성격이 모나거나 모진 분은 절대 아니셨다.
다른 사람들과의 대화나 인적 교류는
참 부드럽고 여유가 있으신 분인데
유독 자식들에게만 엄하셨던 것이다.
내가 성인이 되어서도 아버지가 나타나면
친구들과 나누던 대화가 끊겼고

화기애애했던 분위기마저 갑자기 냉랭한 상황으로 돌변했다.
따라서 폭력을 자주 쓰거나 회초리를 든다고
무서운 사람으로 보이는 것이
절대로 아니라는 것을 알 수 있다.

그런 우리 아버지였기에
집안에서 차지하고 있는 아버지의 비중은
너무나 컸고 절대적이었다.
그 엄격하고 근엄한 성품을 제외하고는
모든 면에서 존경스러운 분이셨다.
한 가족을 지키는 가장이라는 점에서
흠잡을 곳 없는 확실한 존재였기 때문이다.
가족 구성원 누구도 아버지 말씀에
감히 토를 다는 일이 단 한 번도 없었다.
가족에게 강압적이거나 일방적이어서
그런 것은 결코 아니다.
평소 본인 관리에 엄격하시고 빈틈이 없는 분이라 그랬다.
어머니와의 부부관계도 큰 소리 치거나 안 좋은 모습을 보인 적이
단 한 번도 없었다.
한마디로 완벽주의자 그 자체였다.
그런 점에서 우리 아버지를 평하자면
천년 바위라 하겠다.
아무리 강한 비바람이 휘몰아쳐도

끄떡 하지 않는 바위 말이다.
그런 아버지 밑에 있는 식솔들은
모두가 깨갱~ 할 수밖에 없었다.
솔직히 말해 난 그런 아버지가 정말 싫었다.
부드럽고 자상한 아버지상에
심한 갈증을 느끼며 유소년기를 보냈고
청년이 되어서도 마찬가지였다.
그런 이유로 나는 성장하면서 여러 번 다짐했다.
내 자식들에게는 반드시 자상하고
다정다감한 아버지가 되겠다고 말이다.
부자간에 농담도 하고 때로 장난도 칠 수 있는
그런 아버지 말이다.
그런데 참으로 아이러니한 일이다.
그토록 다짐하고 또 다짐했던 나였지만
결과적으로 그렇지 못한 아버지가 되고 말았다.
나 역시 아버지의 길을 걸어왔던 것이다.
왜 그랬을까?
먹고사는 문제에 올인하다 보니 그럴 만한 여유가 없었던 것인가?
아니면 아버지의 DNA를 갖고 태어나서
어쩔 수 없었던 것인가?
절대로 대물림 하고 싶지 않은 아버지상이었는데 말이다.
내가 아버지를 싫어했던 것만큼
내 자식들도 나를 그렇게 생각하지 않았을까.

이제와 후회스럽기도 하고 자식들에게 미안한 생각마저 든다.

늦었지만 이제라도 자상한 아버지상으로 돌아가고 싶다.

자식들은 이미 장성했고

평소 해 오던 습관을 갑자기 바꾸려니 겸연쩍기도 하다.

또한 받아들이는 애들도 부자연스러워할 것 같다.

하지만 난 언제부터인가 조금씩 변해 가고 있다.

자상한 아버지상으로….

38

꿈은 사라지다

나는 어려서부터 청년이 될 때까지
언제나 변하지 않았던 꿈이 있었다.
사관학교를 졸업하고 육군 장성이 되는 꿈이었다.
어릴 때는 누구나 흔하게 꾸는 꿈이기도 하다.
하지만 나는 청년이 되어서까지
그 꿈을 버리지 못했다.
그에 대한 욕망이 너무 강했던 것 같다.
어린 시절 그 꿈을 꾸게 된 동기가 있었기 때문이다.

6·25전쟁 이후 정치력 부재로 사회는 혼란에 빠지고
나라가 길을 잃고 허둥대고 있을 때
혜성처럼 나타나 혼돈의 정국을 단숨에 제압하고
일사불란(一絲不亂)하게 중심을 잡아가던
당시 박정희 장군이 아주 인상적인 모습으로
나를 사로잡았던 것이다.
요즘처럼 늘 싸움박질만 하는 정치인들과 불안정한 정국이 어렸던 나에게도 지겨웠던 것 같다.

그 꿈을 달성하기 위해서는
1차적인 목표로 육군사관학교에 들어가는 것이었다.
그러나 나는 그 첫 번째 관문을 통과하지 못했다.
그를 위한 공부를 전혀 하지 못했기 때문이다.
좀 더 자세한 핑계를 대자면
공부할 수 있는 여건이 전혀 아니었다.

고등학교에 입학하자마자 그 운명의 장난이 시작되었다.
학교 선배들의 반 협박 반 권유로 역도부에 들어가야 했고
1학년 2학년 내내 역도 선수로 운동에만 열중해야 했다.
처음에는 아버지의 반대로 집에서 도시락도 싸 주지 않았다.
운동을 못 하게 하기 위해서다.
그런 상황에서 한동안은 역도부 1년 선배가 내 도시락을
대신 싸다주는 사태까지 벌어졌다.
당초 내가 원했던 운동은 아니었으나
이미 시작한 일이니 열심히 해야겠다고 나중에는 생각을 바꾸었다.
시합 날이 임박하면 오전 수업을 마치고
오후에는 체육관에 가서 역도 바벨만 들었다.
이런 학교생활을 거듭하다 보니
정상적으로 학교 수업을 받을 수가 없었다.
때문에 사관학교에 들어갈 수 있는 실력을

배양하지 못했던 것이다.
오래도록 꾸어 왔던 장군의 꿈은 거기까지였다.

나는 모든 사람들이 자랑스러워하는
대전의 명문 보문고등학교 출신이다.
나는 비록 여러 면에서 함량이 떨어지는 사람이지만
우리 동창들 중에는 국가와 지역 사회에
연마한 재능을 기부하고 이름을 빛낸 친구들이 많다.
그중에는 젊어서 많은 재력을 쌓아
어렵게 살고 있는 동창들을
알게 모르게 뒤에서 도와주는 친구도 있었다.
굳이 이름을 밝히자면 이명재라는 친구다.
나는 그들이 누구보다도 존경스럽고 자랑스럽다.
비록 젊어서의 내 꿈을 이루지는 못해 아쉽긴 하지만
대신 주변의 훌륭한 친구들이 많이 있어서 행복하다.
이것을 대리 만족이라고 하나 보다.

39

회전의자의 유혹

예나 지금이나 모든 사람들이 높은 지위나 자리를 탐내는 것은
변함이 없는 것 같다.
그것은 곳 출세한다는 것을 의미하며
대장부라면 이 세상에 태어나 한번쯤은
욕심을 내 볼만도 한 자리다.
특히 직함에 장(長)자로 표기되는 자리
즉 회장, 이사장, 대장, 국회의장 등과 같은
관직이나 국회의원일 경우에는 더욱 그렇다.
그래서일까 그 자리를 차지하기 위해서라면
가재를 털고 목숨을 걸면서까지
무모하게들 달려든다.
불나방이 불속으로 날아드는 것처럼 말이다.
그러다 패가망신하는 사례를 주변에서 수없이 보면서도
끊이지 않고 반복해서 계속 일어나고 있는 까닭은 왜일까?
남자들의 본능일까?
아니면 뿌리칠 수 없는 유혹 때문일까?

옛날이나 지금이나 그 자리에 오르면
부와 명예를 동시에 거머쥘 수 있다.
즉 부귀영화(富貴榮華)가 보장되는 자리라서 그런지도 모르겠다.

우리 고향 이웃 마을에 살았던 운장이라는 이름을 가진
한 남자로부터
이에 대한 재미있는 실화 하나를 소개하려 한다.
그 사람은 장자가 붙은 명함을 얼마나 좋아했던지
여러 개의 장자가 들어 있는 직함을 가지고 다니며
늘 자랑했다.
본인 말로는 대여섯 개나 된다는 것이다.
오래전 일이라 다는 기억할 수 없다.
예를 들자면
마을 이장, 새마을 봉사 단체장, 한 가정의 가장과 더불어
본인 이름이 운장이라 장자가 하나 더 있다는 것이다.
참 우스운 이야기다.
하지만 이 이야기 속에서
남자들의 권위의식과 허영심이 얼마나 많은지
그 마음을 엿볼 수 있다.
어쩌면 모든 남자들 몸속에
허장성쇠(虛張聲勢)라는 DNA가 따로 존재하는 것 같다.

나라고해서 그 마음이 다르지 않다.

초등학교에 들어가기 전 어린 시절
동래 고샷을 휘젓고 다니며 친구들과 어울릴 그 당시에도
나는 친구들 뒤편에서 피동적으로 행동하지 않았고
무슨 일이건 항상 앞장서서 리더 역할을 했다.
그런 성격이었기에 싸움도 많이 하고 사고도 많이 쳤다.
한마디로 꼬마 대장이 되고 싶었던 것이다.

중학교는 대전에 있는 동중에 들어갔다.
당시 반 학생 수는 60명이었고 6반까지 있었다.
학교 전체 학생 수가 1000명을 육박하는 대형 중학교였다.
아쉽게도 우리 모교인 그 동중학교가 지금은 없어지고
우송중학교로 간판이 바뀌었다.
3학년이 되면서 나는 대대장과 기율부장이 되어
전 학년을 통솔하는 중책을 맏게 된다.
선발 과정에서 여러 항목 중 내가 뽑힌 가장 큰 이유로는
남달리 목청이 크다는 것이었다.
월요일마다 전교생이 운동장에 집합해서
교장선생님의 훈시를 듣는 조회 시간이 있었는데
그때마다 기율부장의 구령에 맞춰 전교생을
지휘해야 했기 때문에 일단은 목청이 커야 했던 것이다.
기율부가 하는 일로는 아침 등교 시간에 정문에 서서
학생들 교복차림 이상 유무를 체크하고 교정해 주는 일과
교내 생활 중 품행을 선도하는 역할이다.

그러기 위해서는 기율부원들이 우선 타의 모범이 되어야 했고
그 수장을 내가 맡은 것이다.

지금은 없어진 학교 문화지만
국경일이나 시에서 주관하는 행사라도 있는 날엔
이를 축하하기 위해 모든 학교가 시가행진을 했다.
이때 기율부원들은 완장과 각반을 차고
행진하는 학생들을 지휘 감독했다.
대대장은 학교를 대표하는 학생으로
맨 앞에 서서 학교 간판 역할을 한 것이다.
따라서 나름의 자부심과 카리스마가 있어야 하는 자리다.
그런 축하 행사가 있는 날에는
나를 돋보이게 할 수 있는 좋은 기회라서
우쭐한 기분마저 들었다.
전쟁이 끝난 지 얼마 되지 않아 이와 같은 군대식 계급 문화가
아직도 학교에 남아 있었던 것이 아닌가 하는 생각이 든다.
학창 시절에는 그 흔한 반장 한번 못 해 봤지만
학교를 대표하는 기율부장과 대대장이라는
커다란 완장을 두 개나 거머쥐었으니
아쉬움은 없다.

짧은 경험이었지만
이를 통해 완장이 주는 의미를 조금은 알 것 같다는 생각이 들었다.

정치와 특히 군대라는 계급문화에서는
완장이 갖는 의미가 매우 크다.
그러기에 역사적으로 이름 있는 혁명가들이
그들의 목적을 달성하기 위한 수단으로
완장이란 도구를 아주 잘 활용했던 사례를
여러 곳에서 어렵지 않게 찾아볼 수 있다.
러시아의 볼세비키 혁명 때도 그랬고
중국의 마우쩌둥이 자기 정치적 기반을 공고히 하려는 수단으로
문화혁명이라는 기치를 앞에 내세웠는데
붉은 완장을 찾던 홍위병들이 그랬다.
우리나라도 해방 후 남북으로 갈렸을 때
이북의 공산당들이 그랬던 것이다.
고등학교 2학년 2학기 무렵이다.
한번은 1반과 2반을 한 팀으로 하고
나머지 3반과 4반은 다른 한 팀이 되어서
여러 선생님들 감독하에 기마전을 한 적이 있다.
나는 1반과 2반의 기마 대장으로 발탁되어
상대팀 기마병 셋을 제압했던 기억이 있다.
당시 이제창 체육선생님은
내가 타고 있는 기마를 따라다니며
상대를 제압하는 활약상을 보고 박수를 치셨다.
그날 이후 선생님이 나에게 별명 하나를 지어주셨다.
이름하여 스토롱맨(Strong Man)이다.

강한 남자라는 뜻이다.
단 한 번의 시합이었지만 우리 팀이 이겼고
승리한 기마대장으로 오래도록 기억에 남는다.

이제 칠십 령 고갯마루에 올라서서
아주 작은 회사의 대표이사 직함이라도 갖고 있으니
실패작 인생은 아닌 듯하다.
또한 귀신 잡는 해병대 출신으로
나도 그 누구처럼 내 이력에 장자가 하나 더 있다.
우스갯소리지만 5대 장성 중 하나가
해병 병장이라는 것이다.
준장, 소장, 중장, 대장, 이 4대 장성 외
해병 병장 하나가 더 있다는 것이다.
그만큼 해병대에 대한 자부심이
크다는 뜻이기도 하다.

40

발가벗은 이력서

이제껏 살아오면서 내가 가장 존경하는 사람은
평생 한 우물만 파고 살아온 사람들이다.
왜냐 하면 나는 그와 정반대의 삶을 살았기 때문이다.
이 일 저 일 안 해 본 것 없이 상황에 따라
닥치는 대로 혹은 주어지는 대로 일하며 살았다.
나에게는 전문적 라이선스(license)가 없는 까닭이기도 했다.
많은 직업을 가져 봤다는 것은
그만큼 실패를 많이 했다는 뜻이기도 하다.
그러는 과정 속에는 수많은 곡절과
가슴 아팠던 사연들이 있다.
한마디로 파란만장(波瀾萬丈)한 인생이다.
그렇다고 후회하지는 않는다.

어느 노배우는 자기 직업을 이렇게 표현했다.
"나는 영화 속에서 천의 얼굴을 가진 사람으로 살았기 때문에
비록 배우라는 직업이지만 폭 넓은 여러 인생을 두루 경험했다.

그래서 내 직업이 만족스럽고 행복하다."

그렇다.

의도치 않은 삶이었지만 나에게도

그와 같은 변화무쌍했던 인생사가 있다.

이제 어떤 어려움이 내 앞에 닥친다 해도

무섭거나 두렵지가 않다.

이 모든 실패와 성공의 경험들이

지금에 와서는 무엇 보다 확실하고 안전한 내 재산이 되어

미래를 향한 방향타 역할을 해 주고 있기 때문이다.

이렇게 되기까지 너무 많은 실패의 쓴맛을 보았고

상처투성이 훈장들로 내 이력서를 가득 채워야만 했던 것이다.

한 직장에서 평생을 매달려

외길 인생을 살아온 사람들이야 말로

인생을 바라보는 시각이 아주 좁고 편협하다.

좋은 말로 거의 순진무구(純眞無垢)에 가깝다.

시운 예를 들자면 소위 박사라는 사람들이 사기꾼들에게

당하는 뉴스를 종종 보게 되는데

바로 그러한 것들이 좁은 시야로 외길 인생을 살아왔기 때문에

발생한 일이라 여겨진다.

이제부터는 내 이력을 발가벗겨 보자.

건설 노동자로 제조업 사장으로

못 해 본 일 없이 수많은 종류의 직업을 두루 섭렵했다.
좀 더 구체적으로 살펴보자면
호남 고속도로를 건설할 때다.
당시 내 고향 신홍리와 가야곡면으로 연결하는
고속도로 다리 공사장에서
노무자로 한동안 막노동을 했다.
군대 갈 무렵 입영 날짜를 잠시 기다리는 동안
푼돈이라도 벌어 쓰자는 차원이었던 것으로 기억한다.
제대 후엔 화장지 가공 공장을 경영하기도 했다.
제조업을 해 보는 것이 평소의 꿈이었는데
드디어 그 꿈을 이룬 셈이다.
결과적으로 고생만 직사하게 하고 많은 돈을 날렸다.
그 과정에서 인생 공부를 많이 했다.
까먹은 돈이야 수업료라 생각했기에 크게 아깝지는 않았다.
그 외 잠시 우유 배달도 해 봤고
아동 도서를 판매하는 세일즈맨이나
화장품 대리점 또는 가전제품 대리점 등을 운영해 봤다.
50대에 들어서서는 칼국수 집도 해 봤고
건물 경비원이 되어 보기도 했다.

사내대장부 특히 식솔을 거느리고 있는 가장이
무위도식(無爲徒食)하며 허송세월(虛送歲月)한다는 것은
내 인생에서 상상도 할 수 없는 일이었기에

사회라는 정글 속을 누비며 쉬지 않고 일을 했다.

그 일이 어떤 것이든 귀천을 따지지 않았다.

이렇듯 수많은 관록을 평생 쌓아 온 것이

오늘날에는 나의 소중한 자산과 커리어(Career)로 남게 된 것이다.

내로라할 만한 프로필(Profile)은 없으나

대장부로 살아야겠다는 의지만큼은

한시도 잊은 적이 없다.

어떠한 직업과 어떠한 경우에도

소인배라는 소리를 듣지 않으려고 애써온 것에

스스로 감사한다.

그러기에 누가 나에게 가장 힘든 직업이 무엇이냐고 묻는다면

서슴지 않고 무직이라 대답한다.

일 년 내내 무위도식(無爲徒食)한다는 것은

생각만 해도 끔찍하다.

그것은 나에게 형벌이나 다름없는 일이기 때문이다.

그렇게 생각할 정도로 나는 액티브(Active)한 인생을 살았다.

그리고 일에 대한 욕심 또한 많았다.

요즈음엔 친구들 대부분이

해 왔던 일이나 직장에서 은퇴하고 안방마님 신세가 되었지만

나는 아직 현역으로 아침 식사를 마치면

곧장 일터로 나간다.

오늘도 도전적으로 인생을 즐기고 있으며

젊어서부터 변하지 않는 내 좌우명이 하나 있다.

Enjoy it if you won't be able to avoid it.

(피할 수 없으면 즐겨라.)

이렇게 살고 있는 현재의 내가 무엇보다도 행복하다.

이것이 내 인생관이며 삶에 대한 철학이기 때문이다.

41

영화 감상 한 편

1950년 6월 25일 우리나라에서 발생한 6·25사변은
국가를 아시아 최빈국으로 추락시켰고
국토는 남과 북 두 동강이로 절단되었다.
당시 국민들 특히 시골에 사는 농민들에게는
면사무소, 면서기, 순경이란 말만 들어도
그 위세에 눌려, 숨죽이고 납작 엎드려 살던 시대다.
시민들이야 너 나 할 것 없이 전쟁통에
어렵고 힘겨운 삶을 빗겨 갈 수 없었다.
하지만 그 춥고 배고팠던 것보다
더 무섭고 더 큰 두려움에 떨었던 것은
이데올로기를 상징하는 빨갱이란 단어다.
요즘도 정치권에서는 그 빨갱이란 단어가
막강한 힘을 발휘하고 있는 것 같다.
뉴스에서 종종 그 단어가 소환되고 있는 점으로 보아
그렇다는 것이다.

천수답 봉천지기 농사로 겨우 입에 풀칠하며 살던 농민들이야
이념이나 사상이란 뜻조차 무엇인지 몰랐었다.
그러기에 그것을 위해 싸워야 할 이유도 없었다.
다만 그 시대를 이끌어가던 위정자들의 선전 선동에 속아
세상 물정 모르고 전면에 서서 깃발을 흔들다
총알받이가 되거나 사상범으로 몰려서
이유도 모른 채 죽어 간 사람들이어서
오직 불쌍할 따름이다.

당시에는 빨갱이든 그 반대편이든 피아를 막론하고
동족 간에 잊지 못할 살육전을 벌였던 것이
바로 6·25전쟁이었다.
그래서 빨갱이란 단어 속에는 이데올로기 그 이상의
소름 끼치는 의미가 내포되어 있다.

얼마 전 영화 닥터 지바고를 감상하면서
당시 러시아도 우리나라와 거의 같은 시대적 아픔을 겪은
나라였다는 사실을 알게 되었다.
왕정이 무너지고 볼세비키 10월 혁명으로
새로운 레닌정권이 들어서기까지
그 지난했던 사회적 혼돈과 혼란의 시기에
무고한 시민과 수많은 양민들이 이유도 모른 채
전선으로 끌려가 죽거나 학살당했다.

영화 내용은 그 시대에 한 의사가
도저히 빠져나올 수 없는 블랙홀에 휘말려
국가적 운명뿐만 아니라 개인의 몸과 마음이
처참하게 부서지고 망가져 가는 과정을
고스란히 영상에 담아내고 있다.

사관적(史觀的) 시각에서 보자면
왕정이 무너지고 새로운 권력이 등장하기까지
동족 간, 정파 간에 벌인 처참한 살육전이란 점에서
우리의 구한말과 6·25사변으로 이어지는 역사와
너무도 많이 닮아 있다.
동병상련(同病相憐)이랄까
그래서인지 영화 내용을 보다 쉽게 이해할 수 있었고
가슴이 먹먹해지도록 깊은 감동을 받았다.
하지만 오늘날 그들과 우리들이 처한 상황은 너무나 다르다.
아직도 우리는 전쟁이 끝나지 않은 휴전국이고
국토는 남과 북으로 분단되어 있다.
더욱 안타까운 것은 통일의 조짐은 점점 멀어져 가고
오히려 분단이 고착화되어 가고 있다는 점이다.
이 국가적 비극이 얼마나 오래 갈려는지
이에 대한 고민을 머리에 이고 살아가는
우리 모두의 처지가 너무 슬프다.

3부

나의 발견

42

나는 누구인가?

나는 어렸을 때
사고뭉치와 괴팍쟁이 고집불통으로
골목대장 노릇을 하며 자랐다.
유소년기에 부모님에게 속 꽤 썩였던 아이다.
그 시절이야 너무 어려서 기억조차 별로 없는 철없던 시절로
어떤 도덕적 윤리나 양심에 구애받지 않고 행동하던 때다.
다듬어지지 않은 원석처럼
나에겐 그때가 진정한 내 모습이 아니었나 생각하게 된다.
예를 들자면
처음 보는 새로운 물건이나 구경거리가 있으면
그냥 지나치지 못했다.
이리저리 만져 보며 궁금증을 해결해야만 했기 때문이다.
그러는 과정에서 고장도 내고 부셔먹을 때도 많았다.
그 뒷감당은 물론 어머니 차지였고
그때마다 회초리도 많이 맞았다.
다시는 안 하겠다고 빌며 맹세도 해 봤지만

그때뿐이었다.
좋게 말해 그만큼 호기심이나 관찰력 있는 아이였다.
지금도 자주 다니는 산에 등산로가 여러 갈래 있으면
그 등산로를 모두 다녀 봐야 직성이 풀리는 성격이다.
궁금하기 때문이다.

유소년 시절에는 무식했던 건지 용감했던 건지
구분이 잘 안되는 위험천만한 행동으로
몇 번인가 죽을 뻔한 적도 있다.
한두 가지 예를 들어 보자.
우리 동래 옆으로 흐르는 논산 천이 있다.
물속이 아주 깊고 강폭이 얼추 50m는 된다.
겨울철에는 강물이 모두 얼어붙어 동래 아이들이 그 위에서
스케이트를 자주 탄다.
한번은 그곳에서 썰매를 타다
얼음이 몸무게를 이기지 못하고 깨지는 바람에
빠져 죽을 뻔한 적이 있다.
아주 두껍게 얼어붙은 얼음이 아니라서
썰매로 강을 횡단하는 사이
얼음이 사방으로 갈라져 나가는 강한 소리와 함께
얼음은 밑으로 약간 내려앉았다 다시 올라왔다.
이 스릴을 맛보려고 몇 번인가 강을 가로질러 오가다
결국 얼음이 깨지고 물속으로 빨려 들어갔던 것이다.

정말 아찔한 상황이었다.
얼음 위로 나오기 위해 깨지지 않은 난간을 잡고 애를 쓰면 쓸수록
얼음은 계속 깨져나갔다.
여러 번 반복하고 나서야 겨우 얼음 위로 올라올 수 있었는데.
그러다 흐르는 물살에 휘말려 얼음 밑으로 떠내려갔으면
지금의 나는 없는 것이다.
강둑에 앉아 그것을 지켜보던 친구들은 꺼내줄 생각은 안 하고
고소하다는 듯 손뼉을 치며 깔깔대고 웃는 것이었다.

다른 단원에서 자세히 다룬 사건이긴 한데
한번은 달리는 기차 승강구에 앉아서 졸다가
떨어져 죽을 뻔한 적도 있다.

친구들끼리 모여 놀다가 위험한 일이 생기면
대부분 그 일을 서로 미루게 된다.
그러다 시선이 나에게 쏠리기라도 하면
주저 없이 그 일을 내가 했던 것이다.
분명한 것은 내가 겁이 없는 아이였다는 것이다.
어쩌면 남들이 못 하는 그런 위험천만한 일을 해내며
마음속으로 "나는 너희들과는 달라."
이 말을 하며
보라는 듯 그것을 즐겼던 것 같다.

성년이 되어서도 그 자신감은 계속 이어진다.
훈련소 생활이 꽤나 힘들다는 해병대를 지원했고
모든 동기생들이 공포감으로 기피하는 공수 낙하훈련이나
외줄 타기와 같이 난이도 높은 장애물 통과 훈련 등을
나는 오히려 즐겼다.

우리 속담에 세살 버릇 여든까지 간다는 말이 있다.
급한 성격과 강한 추진력 하나는 지금까지 못 버리고 있다.
무엇인가 결정하면 좌고우면(左顧右眄)하지 않는다.
무소의 뿔처럼 세차게 밀어붙이는 것이다.
그런 성격 때문에 한평생 살면서
실패와 많은 시행착오를 겪으며 돈도 많이 까먹었다.
추진력은 강한 자신감에서 발원되는 것인데
자신감이 도를 넘어 오만했던 것이 아니었나 생각되는 점이다.

다른 단원에서 언급한 바 있지만
어린 시절 마을에서 말썽을 하도 많이 피고 다니니까
마을 할머니들이 별명을 하나씩 지어 주셨다.
감모세, 도치뿔, 세돌몽치, 감찰부장 등
정확한 뜻은 모르겠으나
조용하고 참한 아이에게 어울리는 별명은
아닌 것으로 짐작된다.

하늘만 빤히 보이는 두메산골에서 살다가
초등학교 3학년 1학기가 끝나는 무렵에 이사를 했다.
이사한 곳도 시골이지만 그래도 버스가 하루에 2번
대전을 왕복하는 곳이라 제법 발전된 곳이다.
나는 그곳 반곡초등학교로 전학했고
등교 첫날부터 학급 동료들과 거리낌 없이 잘 어울렸고
외돌거나 의기소침하지 않았던 것으로 기억한다.
워낙 활달한 외향적 성격에다 놀기 좋아했기에 그런 것 같다.

정리하자면 유소년 시절 나는
호기심 많고 활동적이면서 사교성 있는
아이였던 것으로 판단된다.
쉬는 시간이나 점심시간에 친구들과 어울리는 과정에서
싸움도 많이 했다.
지금 생각해 봐도 둘째가라면 서러울 만큼
고집이 센 아이였던 것만은 확실하다.
형벌되는 상급생과 다툼이 있을 때
힘에서 밀리고 얻어맞아 코피가 터지더라도
굴복하지 않고 상대가 질려서 스스로 피할 때까지
계속 물고 늘어졌다.
한마디로 오기와 근성이 있는 쇠고집쟁이 아이였다.
어릴 적에 싸우다 얼굴에 난 손톱자국이나 상처들이
대단한 훈장처럼 지금까지 남아 있는 것을 보면

사나운 개 콧잔등 성할 날 없다는
우리 속담이 나를 두고 하는 말이 아니었나 생각된다.
이 오기와 근성이 훗날
뭐든지 한번 시작하면 끝장을 봐야 하는
긍정적 마인드로 발전한다.
이를테면 평생 동안 꼭두새벽에 일어나
피트니스장(Fitness club)이나 등산 등을
빼먹지 않고 다니면서 심신을 단련시키는 습관은
결코 쉽지 않은 일이다.
어린 시절부터 있었던 그 오기와 근성 때문이지 않나
생각된다.
이것이 부모로부터 물려받은
나의 본성이며 나를 대표하는 주된 DNA다.
지금까지 나를 나타내기 위해 사용한 단어들 즉
무식, 용감, 자신감, 추진력, 고집, 오기, 오만불손 등
이런 것들을 하나로 아우르는 단어를 선택하라면
배짱이란 단어가 생각난다.
그래 난 언제 어디서나 배짱 하나는 두둑한 아이였다.
사내대장부라면 꼭 갖추어야 할 덕목 중 하나라
생각했던 것이다.

정신적으로나 육체적으로 현재의 나를 만든 시기
즉 후천적 DNA가 생성되고 인성의 완성을 이룬 시점은

사춘기로 여겨진다.

벌레가 나방이 되기 위해 변태라는 과정을 거치듯 말이다.

중학생이었을 때

난 그 사춘기의 열병을 너무 심하게 앓았다.

얼굴에는 여드름이 덕지덕지 나서 여드름 박사라는 별명을 얻어

친구들로부터 놀림까지 당하는 수모를 격기도 했다.

또한 그 시기에 많은 책을 읽었던 기억이 있다.

이것저것 가리지 않았지만 특히 탐정소설을 즐겨 봤다.

전개되는 스토리에 푹 빠져서

몇 번인가 밤을 지샌 적도 있다.

탐정소설에서만 느낄 수 있는 긴박감, 불안감 등

스릴 넘치는 다음 이야기의 궁금증이

숨도 크게 쉬지 못한 채, 책에서 눈을 뗄 수가 없었던 것이다.

책을 읽는 동안에는 아드레날린이 많이 분비되었고

나는 이를 즐겼던 것 같다.

또한 그 당시엔 신체적 발육과 함께

이성에 대한 관심도 많아 애정소설도 즐겨 봤다.

책을 읽는 도중 농도 짙은 러브신이 나오면

나도 모르게 발기된 성기를 주체할 수 없어

자위행위(Masturbation)를 한 적도 여러 번 있다.

다행스럽게도 학교 앞에 헌 책방이 있어서

책은 쉽게 빌릴 수가 있었다.

중학교를 졸업 할 무렵 그 헌 책방에는

내가 읽을 만한 책들이 더 이상 없었다.
그곳에 배치된 책들은 거의 다 읽었다는 뜻이다.

아마 지금의 내 인성과 감성을 다듬어주고
미천하지만 문학적 소질과 재능을 키워 준 계기가
바로 그 시절 사춘기가 아니었나 생각된다.
나는 그 책들을 통해서
거칠고 모난 성격을 다듬고 순화시키면서
성숙한 청년이 되어 간다.
이때까지는 '짐이 곧 국가다.'라고 말한 루이 14세처럼
내가 이 세상의 전부였고 오직 나만 생각하는
오만불손(傲慢不遜)한 아이였다.
그러나 사춘기를 거치고 책을 통해 간접 경험을 쌓으면서
이 세상에는 나와 함께 동행해야 할
상대가 많이 있다는 걸 알았고
그들과 어울리기 위해서는 한발 물러서고
양보할 줄 알아야 한다는 걸 깨닫게 된다.
사춘기 이후의 나는 이전과는 전혀 다른 모습으로
변한 것이다.
대단히 감성적이며 낭만파적인 성격은
예전에 없던 모습이다.
지금도 시를 좋아하는 이유가 여기에 있는 것 같다.

어릴 적 참지 못하고 발끈하던 성격이나
고집불통이었던 성격이
한 번 더 숙고하고 인내하는 어른다운 모습으로 변해 간다.
지금 생각해도 아찔한 것은
사춘기 그 변곡점에 후천적 DNA가 생성되지 않았다면
자폐아처럼 오직 나만의 세상에 갇혀
세상에 적응하지 못하는 미숙아가 되었거나
아니면 깡패가 되었을 것이다.
결론적으로 책을 통한 인생 공부가
지금의 나를 있게 한 결정적 역할을 했다.
따라서 책이란 존재가 사람의 천성마저 바꿀 만큼
그 위력이 대단하다는 것을
경험을 통해서 뒤늦게 알게 되었다.

나는 누구인가?라는 질문에
스스로의 맥을 짚으며
거울에 비친 과거와 현재의 나를 가감 없이
반추(反芻)해 보는 시간이었다.
이를 통해 한 번 더 나를 성찰하는 기회가 되었고
현재의 나를 구성하고 있는 성격 요소들 중
가장 나다운 것들만 발췌한 것들로 내 몸과 더불어
이것이 현재의 나인 것이다.

43

나와 내 조국의 운명

내가 태어나던 1950년대의 삶은
너 나 할 것 없이 헐벗고 굶주리던 가난의 시대다.
당시 우리나라는 자주독립이 아닌
남의 나라 힘에 의지해서 겨우 독립된 신생국(新生國)이었다.
그러나 비극은 여기에서 끝나지 않았다.
해방과 독립의 기쁨을 맛보기도 전에
동족 간 서로 죽고 죽이는 동족상쟁(同族相爭)이 이어 시작되었다.
그로 인해 허리가 부러지는 대형 참사가
나라를 반신 불구로 만든 것이다.
1950년에 터진 6·25사변을 두고 이르는 말이다.
우리 속담에 엎친 데 덮친다는 말이 있다.
우리나라가 바로 그런 꼴이 된 것이다.

어느 시대 어느 나라에서나 전쟁이 터지면
힘없고 돈 없는 사람들이 가장 먼저
전쟁의 제물로 희생된다.

당시 젊은 청춘들은 본인의 뜻과 아무 상관없이
이곳저곳 전선으로 끌려 나가
이유도 모른 채 꽃잎 지듯 죽어갔다.
낙동강 전선에서
그 유명한 백마고지 전투에서…
노랫말에도 있지 않은가
"전우의 시체를 넘고 넘어…"
얼마나 많은 병사들이 죽어 갔길래
그런 노랫말까지 생겨났을까.
짐작하고도 남는 대목이다.

동란이 끝난 후에도 면사무소의 횡포는 계속되었다.
시골 농민들의 생명줄인 쌀이나 콩 등
먹고 살아야 할 양식을 마구잡이로 거두어 갔던 것이다.
한편으로 생각하면 이해할 법도한 일이다.
전쟁을 치르려다 나라 곡간이 바닥났기 때문이다.
개인보다 나라가 더 가난했기에 벌어진 촌극이다.
말이 좋아 세금이지 일정한 룰에 따라 부과되는 것도 아니고
면서기 마음대로 결정하고 징수하는
고무줄 계산법이었다.
때문에 농민들이 가장 무서워하는 존재는
순사(경찰)가 아니라 세무쟁이 면서기였으며
항상 그들의 눈치를 보며 살아야 했다.

참으로 어처구니없는 국가적 비극이
한 시대를 관통하고 있었던 것이다.

6·25전쟁 시 남과 북을 대표하는 위정자들 모두가
이 전쟁의 정당성을 확보하기 위해서
해괴한 논리를 펴 가며 순진무구(純眞無垢)한 국민들을 농락했다.
나라를 위해서 이 전쟁을 반드시 승리로 이끌어야 한다는 것이
그들의 말이다.
그렇다면 그들에게 묻는다.
남과 북으로 분단되기 이전의 이 나라는
하나의 국가 하나의 민족이 아니었단 말인가?
솔직히 말하자면 그들이 전쟁의 명분으로 내세웠던
이데올로기마저도 그들 개인의 영달이나 정권욕을
만족시키기 위한 수단에 불과했다.
따라서 그들은 국가와 민족 따위는 이데올로기의 종속변수라 보았다.
다시 말해서 당시 전쟁을 주도했던 정치가들은
출세를 위해서라면 국가나 민족도
이데올로기를 떠받치는 소모품 정도로 생각했던 것이다.
그러나 그들 중에서도 소수의 양심적 민족주의자들은
올바른 목소리를 냈다.
예를 들어 김구 선생 같은 분이다.
그분은 어떠한 경우에도 같은 민족끼리 싸워서는 안 된다며
끝까지 협상을 주도하다 결국 암살되고 말았다.

그런 점에서 이 전쟁을 국가적 민족적 비극이라 하는 것이다.
이러한 모순된 역사를 볼 때마다 생각나는 것이 있다.
시대가 영웅을 불러오기도 하지만
그 영웅이 또한 새로운 시대를 열어 간다는 것이 역사의 아이러니다.

좀 더 솔직하게 말해 보자.
땅을 일구어 농사짓는 사람들이야
좌익이니 우익이니 하는 것들이
그들의 삶에 무슨 의미가 있겠나.
어제까지 이웃으로 잘 지내던 사이가
어느 날 갑자기 네 편 내 편으로 나뉘어 상대를 때려 죽일 만큼
그 이데올로기가 중요했단 말인가.
한마디로 정치인들의 선전 선동에 놀아난 것이다.
그러다가 급기야 전쟁이 터졌고
무지몽매(無知蒙昧)한 농민과 시민들만 전선으로 나가
총알받이가 되어 죽거나 거리로 나 앉자
굶어 죽는 신세가 되었던 것이다.
누구는 이렇게 말하는 나를 회색분자라며
또 다른 색깔론을 들고 나올지 모르겠다.
참으로 딱하고 시대착오적인 생각이다.

동란 직후에는 마을마다 동냥하러 다니는 거지들이 흔했고
간혹 굶어 죽은 걸인의 시체가 길가에 내뒹굴었다.

들은 바에 의하면 멕아더에 의한 인천 상륙작전으로
그들은 북쪽으로 퇴각하지 못한 채 남쪽에 고립되거나
붙잡힌 포로병들이었다 한다.
이것이 당시 처참한 사회 현상이었다.
요즘 장바닥에서 불리우는 각설이 타령이
바로 그 참상을 희화화(戲畫化)한 것이다.

그 비참하고 잔혹했던 1950년대
전쟁의 포화 속에서 태어난 1950년대생들
그들은 국가와 더불어 모진 고난을 이겨내며 살 수밖에 없었던
기구한 운명의 불행아들이었다.
그러기에 그들의 생명력은 질경이처럼 질겼고
숨 쉴 작은 공간만 있어도 그곳에 코를 대고
끝까지 호흡을 멈추지 않았던 사람들이다.
삶에 관한한 지독하리만치 끈질겼다.
예를 들자면 아스팔트 길가 갈라진 작은 틈에 뿌리를 내리고
꽃을 피우는 민들레의 강인한 생명력처럼
그들의 몸속에는 이미 가난에 단련된
또 하나의 DNA가 생성되었던 것이다.
아무리 고되고 척박한 환경 속에 내몰려도
악착같이 살아남아서
대한민국을 오늘날의 선진국 대열에 올려놓은 사람들이
바로 그들이다.

좀 더 자세히 말하자면

세계사에 범접도 못하던 나라를 OECD 기준

세계 10대 경제 대국은 물론 6대 군사 강국으로 만든

주역들 이라는 것이다.

이전에는 이름조차 낯설고 초라한

동쪽의 아주 작은 변방국에 불과했었다.

오늘날 대한민국의 국민소득은

무적함대라 칭하던 스페인을 따돌렸고

전 유럽을 호령하며 지배했던 로마군단

이태리를 넘어서고 있다.

불과 몇십 년 전만 하더라도

그들은 우리에게 얼마나 부러움을 샀던 나라들인가.

이제 모든 면에서 우리가 그들을 압도하고 있다.

경제력에 따른 대륙 간 지각변동으로

국제질서가 숨가쁘게 재편되고 있는 것이다.

그중에서도 대한민국은 세계가 주목하는 나라로

크게 융기하기 시작했다.

고조선 이래 이만큼 부국강병(富國强兵)을 이룩했던 역사가

우리에게 잠시라도 있었던가.

1950년 그 시대 한 길목에서

지금의 미래를 줌인(zoom in)해 보자.

자유가 흘러넘치며 물질 풍요와 문화 다양의 시대를

살아가고 있다.

과학과 의학의 발전으로

그야말로 초일류 문화와 문명이 만개한 사회 속에서

최고의 행복을 누리고 있다.

그러나 대다수 시민들은 늘 싸움질만 하는

정치판이 밉다고 한다.

정치판이란 곳이 속성상 피 튀기며 싸우는 곳이라

어쩔 수 없는 일이긴 하지만

그 심각성이 도를 넘는 경우가 많다는 데 문제가 있다.

성인군자(聖人君子)라도 그곳에 들어가면

싸움 잘하는 검투사(劍鬪士)가 된다.

시민들은 그 점을 싫어하지만 나는 그렇지가 않다.

오히려 그들이 싸우는 모습을 종종 즐겨 본다.

옛부터 불구경이나 싸움구경이 제일 재미있다 하지 않았나.

술판에서 정치 얘기가 가장 많이 소환되는 것을 보면

그래도 그것이 그만큼 재미있고 관심이 간다는 것을

반증하는 것이다.

일사불란(一絲不亂)하게 의사 결정을 하는 공산주의 국가와 달리

민주주의란 원래 소란스럽고

격한 토론과 다툼으로 서로의 견해차를

조금씩 좁혀 가는 과정을 거친다.

그러기에 민주주의는 피를 먹고 산다고 하는 것이다.

정치란 애초 완벽한 정답이 없는 분야다.
누가 더 시대정신에 부합하는
답을 내놓느냐의 경쟁일 뿐이다.
어쩌니 저쩌니 해도 지금의 대한민국은
이 시대를 살아가고 있는 모든 국민들과
대다수 정치가들에 의해 만들어진
자랑스런 결과물이란 점에서
우리 모두 자부심을 가져야 한다.
세계 역사상 가장 짧은 기간에 이룩해낸
기적 같은 걸작품이기 때문이다.

세계사적 측면에서 이 시대를 조명해 보자면
1950년대로부터 오늘날에 이르기까지
대략 반세기에 걸쳐, 초압축 고도성장을 해왔다.
천년 이상을 살아도 경험해 볼 수 없었던
경이로운 경제 성장이었다.
어떠한 미사여구(美辭麗句)를 사용해서 이 시대를 포장한다 해도
과분하지 않을 만큼 우리들 스스로도 깜짝 놀랐다.
예를 들자면, 우주를 향한 최첨단 과학 기술이나
컴퓨터의 등장은 세계사의 물줄기를
단숨에 바꿔 버린 초대형 사건이다.
18세기 영국의 산업혁명에 버금가는 변화를 몰고 왔다.
따라잡기 버거울 정도로 변화무쌍한 이 시대를

온몸으로 읽어 가며 살아온 1950년대생들이다.
허리가 휘도록 일하며 고생했지만
그러기에 나름 보람도 있었다.

이제부터는 작가의 개인사를 돌이켜 보자.
세상 물정 모르고 까불기만 했던 어린 시절을 제외하고
청년기를 지나 장년기에 이르기까지
오직 먹고사는 일에만 몰두했다.
그러는 동안 그동안의 삶은 수증기처럼 홀연히 증발해 버리고
기억조차 없는 세월이 되고 말았다.
앞날에 대한 불확실성으로 내내 방황했던 청년기
처자식 먹여 살려야 한다는 의무감과 책임감에
항상 노심초사(勞心焦思) 전전긍긍했던 장년기.
친구들과 어울려 즐거운 시간을 보내거나
여행을 떠날 때에도
그 부담감은 항상 두 어깨를 짓눌렀다.
남자라면 누구나 짊어져야 할
피할 수 없는 업보이기 때문인가?
아니면 나만의 고뇌였나!
아무튼 그 힘들고 고단했던 인생의 7부 능선을 지나고 보니
책임져야 할 일도, 이고 질 무거운 짐도 없다.
어둡고 지루했던 긴 터널을 빠져나온 기분이다.
지나온 인생을 돌이켜 보면

왜 그토록 아등바등하며 살아야 했는지
그저 허망하고 처연할 뿐이다.

삶이란 정글 속에서 지칠 줄 모르고 맹렬하게 살았던
지난날의 열정과 기상은 다 어디로 살아졌는지
사용 기간이 지나 시동마저 잘 걸리지 않는 폐차처럼
식어버린 심장과 앙상한 몸은
나를 더욱 움츠려들게 한다.
그래서였나.
한 시대를 풍미했던 시인 묵자(詩人 墨者)들도
인생을 춘몽이라 노래했다.

그래도 난 내 앞에 다가선 오늘 하루를
기쁜 마음으로 맞이하며 즐겁게 살아야겠다.
죽지 않는 한, 이 삶은
결코 피할 수 없는 내 것이기에….

44

문학의 발견

중학생 시절이다.

집에서 가까운 학교 앞에 헌 책방 하나가 있었다.

방학이 되면 그곳에서 소설책을 자주 빌려다 보았다.

한두 권씩 읽다 보니 재미가 솔솔 붙기 시작했던 것이다.

특히 탐정소설에 흥미가 많았는데

다음 이야기는 어떻게 전개되나, 하는

궁금증과 호기심 그리고 그에 따른 스릴(thrill)과 서스펜스(Suspense)

이것들이 나를 책속에 가두어 버렸다.

끼니를 건너뛰면서까지 책을 다 읽고 나서야

책에서 눈을 뗐던 것이다.

그런 탓일까.

일상생활에서도 궁금한 일이나

풀어야 할 새로운 문제가 주어지면 그때마다

당장 해결하지 않으면 안 되는 급한 성격으로

내 모습이 점차 변해 가고 있음을 발견하게 된다.

당시 헌책방에는 요즘처럼 다양한 내용의 책들이 없었다.
탐정소설이라고는 기껏해야 허문영작이나
방인근작들이었는데
그 내용이 거의 섹스소설에 가까울 정도로 조잡한 것들이었다.
당시 나는 프랑스 탐정소설
괴도 루팡 전집을 읽어 보고 싶었으나
책을 구할 수가 없어 애태운 적도 있다.
끝내 읽어 보지 못해서 지금도 그 점이 아쉽다.
특히 그 시기엔 책이 귀했기 때문에
구독자의 선택이 극히 제한적이었다.

당시 나는 사춘기였다.
얼굴에 여드름이 덕지덕지 나서
여드름 박사라는 별명까지 얻었던 시절이다.
혈기 왕성했던 시절이라
정독 보다는 몰아서 한꺼번에 읽어버리는 속독을 선호했다.
그러다보니 한번은 얼마 전에 읽었던 책을
또 빌려다 보는 해프닝까지 발생했다.
제목을 다 기억하지 못해 일어난 일이다.
처음에는 무언가 낯익은 내용 같다는 생각이 들었다.
한참이 지나서야 비로소
이미 읽었던 책이라는 사실을 알게 된 것이다.
이것저것 닥치는 대로 구독하다 보니

어느 무렵에는
그 책방에 읽어 볼 만한 책들이 더 이상 없었다.
한번은 책방 사장에게
새로운 책 좀 구해서 구색 좀 갖춰 놓으라고
핀잔 섞인 요구도 한 적이 있다.

그 중학생 시절을 지난 이후로 오늘날까지
책을 가까이해 본 적이 거의 없다.
내 인생에 있어서 활화산 같았던 사춘기가
소낙비처럼 정신없이 휩쓸고 지나간 순간이었다.
후회스럽게도 나중에 깨달은 일이지만
책은 많이 읽는 것보다 한 권의 책을 읽더라도
내용을 깊이 있게 소화해 가며 읽는
정독이 그 무엇보다 중요하다는 사실이다.
나는 누구의 조언도 받지 못한 채
마구잡이식 독서였기에
정독에서 얻을 수 있는 깊이 있는 지식이 부족했다.
또한 그나마 알고 있는 지식마저
매우 단편적이었다.

아무튼 내 인문학적 사고와 그 지평을
조금이라도 넓힐 수 있었던 시기는 사춘기로
그 열병을 앓았던 중학생 시절이 아니었나 생각된다.

45

잃어버린 것들을 찾아서

이 시대를 살아가고 있는 우리들 모두가

반드시 되찾아야 할 것들이 있다.

우리 민족은 예로부터 참을성이 많은 것으로 유별했다.

또한 가족과 이웃을 배려하는 마음 즉

다정다감(多情多感)한 성품을 지닌 민족이었다.

이것은 우리만이 가지고 있는 특유의 민족성이며

한국인 사회에 면면이 이어져 내려온

아주 소중한 가치였다.

다시 말해 우리의 유구한 역사를 통해서

체질화되고 게놈(chromosome)화 되어온

오직 한국인만이 가지고 있는 특별한 DNA라는 것이다.

그런데 언제부터인가 그들은

우리들 주변에서 자취를 감추었고

그 빈 공간에 불신과 반목 그리고 반칙과 꼼수라는

우리 사회에 절대로 있어서는 안 될 것들이

슬그머니 자리를 꿰차고 들어온 것이다.

이후 사람들은 조금만 언짢아도 참지 못하고
인상을 찌푸리며 짜증부터 내는 등
이웃 간에 오가는 정마저도 찾아보기 어려운 사회로 변해 버렸다.
예전에 없었던 불행한 일이다.
결론부터 내리자면 우리 사회를 병들게 하고 불행하게 만든
이 침입자들을 일거에 몰아내고
소실되었던 우리의 소중한 민족성을 하루 빨리 되찾아
그 자리에 복원시켜 놓자는 것이다.

우리는 왜 참을성 많고 정이 흘러넘치는 민족이 되었을까?
우선 그 유래부터 알아보자.
원인과 동기를 알아야 치유할 해법도
쉽게 찾을 수 있지 않을까, 하는 생각에서다.

그 첫 번째로는 조선이란 나라가 건국된 이후
500년이란 기나긴 세월을 통해
국가 통치 이념이면서 삶의 최고 가치로 삼았던
유교사상(儒敎思想) 즉 인의예지신(仁義禮智信)을 들지 않을 수 없다.
이것은 선비라면 반드시 갖추어야 할
가장 중요한 덕목 중 하나였다.
이 인, 의, 예, 지, 신을 실현하기 위해서는
기본적으로 참을성과 다정다감한 품성을 지녀야만 가능하다.
이 사상이 오래도록 우리 사회를 이끌고 지배해 왔기에

우리의 대표적인 민족성으로 고착화된 것이 아닌가.
하는 생각이 든다.

그 두 번째로는 역사가 말해 주듯
우리는 외세로부터 끊임없이 침략당하고 굴종당해 왔다.
따라서 우리 민족은 단 한 번도 두 어깨를 쭉 펴고
거들먹거리며 살아 보지 못한 나라다.
때문에 항상 이웃 나라 눈치를 보고 숨죽이며
참고 살아야 하는 처지였다.
그것이 오랜 기간을 통해서 몸에 익숙해지고
체질화된 것이 아닌가 하는 생각이다.
창피한 일이긴 하나, 참을성은 힘없는 나라가 취할 수밖에 없는
마지막 수단으로서, 슬픈 역사의 부산물이기도 하다.
어느 학자는 이 참을성을 로맨틱스(Romantics)한 용어를 빌려
은근과 끈기라 표현했다.
참 근사한 말이다.

그리 멀지 않은 현대사를 통해서
우리나라 민족성을 좀 더 자세히 알아보자.
1960년대에 이르기까지도 우리나라는 세계 최빈국 중 하나였다.
그런 나라가 겨우 반세기 만에 세계 10대 경제 강국으로 부상한 것이다.
이에 대한 1등공신은 뭐니 뭐니 해도
참고 견디는 우리 민족의 근면성(勤勉性)이 뒷받침되었기에

가능한 일이었다.
이에 대해 좀 더 구체적인 예를 들어 보자.
파독 광부들의 땀과 월남전에 젊은 형제들의 목숨을 팔아
마련한 재원으로 고속도로를 건설하고 중화학 공업을 일으켜 세웠기에
오늘날의 위대한 대한민국이 존재하는 것이다.
다시 말해서 이 성공 신화의 저변에는
참고 잘 견뎌낸 국민적 근면성이 있었기에 가능했다는 것이다.

그럼에도 불구하고
오늘날 시민들이 느끼고 있는 행복감은
가난했던 옛날 그 시절에 비해 부끄러울 정도로
체감하기 어렵다.
오히려 불행해졌다고 보는 것이 옳은 판단인 것 같다.
미혼율과 자살률 그리고 고독사의 지표를 살펴보면 그렇다.
나라는 부유하고 시민들의 삶은 전에 비해
비교가 안 될 만큼 윤택해졌으나
정신적인 면에서 그와 정반대가 된 것이다.
이것은 필경 가족 간이나 이웃 간에
정이 없어지면서 나타나는 사회적 현상임이 분명하다.
그 원인은 어디에 있을까?
지금부터는 그 원인을 알아보고 잃어버린
우리 고유의 민족성을 되찾는 기회로 삼자.

우선 우리가 살아온 지난 이조 500년사를 살펴보자.
오랜 세월 외세로부터 모진 시달림을 받아온 까닭에
어쩌면 나부터 살아야겠다는 생각이 우선 할 법도 하다.
그러나 우리 민족은 그렇지 않았다.
이웃 간에 인정이 넘쳐 났고 서로를 아껴 주며 살아왔다.
산업화가 되기 이전, 먹고살기 힘들었던
보릿고개 시절에도 그랬다.
그 어려운 시절에도 내 어머니께서는
하지감자를 한 양푼 삶아서 가난한 이웃들과 함께
나눠먹곤 했던 것이다.
그 심부름은 주로 어린 내가 담당했었는데
지금도 처연했던 그 시절 기억이 아련해진다.
끼니를 감자로 대신하던 때였지만
해거름이면 집집마다 가족들 끼리 안방에 모여 앉아
이야기꽃을 피웠고 그들의 웃음소리가 문지방을 넘어
싸리문 밖까지 들렸던 것이다.
비록 가난했지만 가족과 이웃 간에
정이 흘러넘치던 시절이었다.

이와 같이 춥고 배곯았던 보릿고개를 지나
산업화로 인한 고도 성장기를 통과하면서
물질 풍요와 물질 만능의 시대로 접어든다.
그러는 동안 남을 배려하지 않는 개인주의가 팽배해졌고

사람들 간의 인심마저 아주 야박해진 것이다.
이것은 우리 사회에 정이 없어졌다는 것을 의미한다.

한때는 "인정머리 없는 놈"이란 욕이
이 사회에서 흔하게 사용되었던 시절이 있었다.
이 욕은 꼭 미운 사람에게만 적용되었던 것만은 아니다.
좋은 사람이지만 얄미운 사람에게도
애칭으로 널리 사용되었던 욕이 아닌 욕이었다.
이 사례를 보듯이 인정미는 우리 사회를 지탱해 주는
아주 중요한 삶의 가치였다.
따라서 인정미는 참을성과 더불어 우리 사회가 필요로 하는
가장 기본적인 소양 중 하나임에는 틀림없다.
그렇다면 왜 이들을 잃어버린 걸까.
그 원인에 대해 살펴보자.
사회가 급속히 발전하는 과정에서
개인 간의 경쟁이 몹시 치열해졌고
그 조급함이 불러온 빨리빨리 문화가 고착화 되면서
이에 대한 부작용과 후유증이 사회적 병리 현상으로 나타난 것이다.
그 결과물로 반칙과 꼼수가 사회 전반에 걸쳐 만연해졌고
시민들 사이에 그로 인한 반목과 불신의 골이 깊게 패이면서
사소한 일에도 예민해지고 참지 못하는 성격으로 변한 것이다.
사회 발전 과정에서 필연적으로 생길 수밖에 없는
후유증이라기에는 그 손실과 아픔이 너무 크다.

따라서 이 문제를 치유하기 위해서는
이 사회를 이끌어 가고 있는 집단 즉
중앙정부나 로컬사회에서 주도적인 역할을 맡아 주어야 한다.
한 가지 해법을 제시해 보자면
비록 재빠르지는 못하더라도 참고 견디며
우직하게 열심히 일하는 사람이 손해 보지 않고
그에 대한 충분한 대가를 보상 받을 수 있다는 사실을
사회 구조 즉 제도적으로 확실하게 보장해 주어야 한다는 것이다.
다시 말해 느림의 철학을 일깨워
그 속에서 삶의 기쁨과 행복을 찾게 해 주는 것도
한 가지 방법이 될 수 있다는 것을 시민 사회에 널리 알리는 일이다.
다른 하나는 옛날 교육 방식으로 돌아가는 것이다.
이를테면 옛날에는 유학사상이 이를 대신했고
학교 과목에도 도덕 시간이 따로 배정될 만큼 중요시 여겼다.
그러나 산업화 경쟁 사회로 접어들면서
할 일은 많고 갈 길이 멀다 보니 모두를 챙길 여력이 없었다.
당장 급하지 않은 일은 후순위로 밀려나게 된 것이
어쩌면 당연한 일이였는지도 모르겠다.
그러는 사이에 있어서는 안 될 것들이 독버섯처럼 번지며
이 사회를 병들게 한 것이다.
이때부터 믿음과 신뢰가 깨지고 서로 반목하게 되면서
덩달아 서로 간의 정마저 매말라 버렸다.

경제 발전에 힘입어 개인 소득이 늘어남에 따라
시민 생활은 더욱 윤택해졌지만
정이 없는 사회로 퇴행함에 따라
시민들의 정신적 행복지수는 하향 곡선을 그리며
경제 성장과 반비례 현상으로 나타났다.
조금만 맘에 안 들면 짜증부터 내고
조금만 힘들면 바로 포기하고
조금만 감정이 상하면 발끈하며
화부터 내는 성향으로 변해 간 것이다.
한마디로 우리 모두의 성격이 아주 예민해지고 날카로워지면서
작은 마음의 여유조차 찾을 수 없게 되었다.
요즘에 와서는 이로 인한 사건과 그 폐해가
개인 문제를 넘어서서 사회 문제로까지 크게 이슈화 되었으며
그 심각성이 매우 엄중하다.
이를 치유하기 위한 사회적 비용이 너무 커졌다는 뜻이다.

이전의 한국인들은 아무리 고되고 힘든 일을 하더라도
짜증을 내거나 바로 포기하는 일이 없었다.
선배나 상급자로부터 얻어터지고
발길질 당하면서도 끝까지 포기하지 않고
맡은 바 소임을 다했다.
또한 형편이 넉넉지 못했어도 이웃들과 상부상조하며
정을 나누고 사는 것을 당연한 것으로 여겼다.

앞서 언급한 바와 같이 경제 성장이라는 커다란 국가적 목표에
후순위로 밀려나 미처 살필 여유가 없었던 분야가 있었다면
이제부터라도 하나씩 차분히 잃어버린 그들을 되찾아서
원상 복귀시켜야 한다.
그렇게 됨으로서 행복지수와 경제 성장이 나란히 병행 상승하는
선순환 사회로 전환할 수 있는 것이다.
여기서 우리는 풍요 속의 빈곤이라는
반쪽자리 경제 성장만으로는
바닥에 떨어진 국민들의 행복지수를
옛날과 같이 회복시킬 수 없다는 사실을 알게 되었다.

어느 학자가 말했듯 은근과 끈기를 가진 민족
디시 말해 참고 견디는 강인한 정신력과
이웃 간에 인정이 넘쳐 났던 우리의 소중한 사회적 가치들을
하루 빨리 되찾아서
행복한 사회를 이뤄야 하는 과제(Mission)가
오늘날 우리 모두에게 주어진 것이다.

46

대한민국 역사에 묻는다

조선의 역사를 자세히 들여다보면
개국에서부터 나라가 망할 때까지 500년이란 기나긴 세월 동안
언제나 주변국들의 침략 대상이었고 조공이나 바치며 살아가야 하는
참으로 불쌍하고 허약한 나라였다.
우리 조상들은 왜 강대국이 되어서
주변국들을 호령하며 살아 보지 못했을까?
반만년 역사라 자랑하지만 유감스럽게도
대 고구려 제국을 일으켜 세운 광개토대왕을 제외하고는
어느 시대나 모두 초라하고 보잘 것 없는 역사의 연속이었다.
학창 시절에 작가는 국사와 서양사를 배우면서
찬란했던 중세 서양 문명을 부러워했고
한때는 열등의식에 빠진 적도 있다.
우리는 왜 문명의 중심권에 있지 못하고
항상 변방(邊方)의 외진 곳에서 존재감 없이
남의 나라에 굽신거리며 살아야 했나?
우리나라 국민이라면 누구나 한 번쯤 이런 생각을 해 봤을 것이다.

일부 역사학자들은 이 치욕스런 역사를
온갖 미사여구(美辭麗句)로 포장해, 스스로 위안을 삼으려 했다.
민족의 자존심에 상처를 내기 싫었던 모양이다.
몇 가지 예를 들자면
한국인은 본시 민족성이 착하고 흰 옷을 좋아해서
백의 민족(白衣 民族)이라 했으며
예절 바른 민족이기에 동방예의지국(東方禮儀之國)이라 했다.
또는 국토 면적이 워낙 작기 때문에
인접한 큰 나라들로부터 침략 당할 수밖에 없는
지정학적 약점을 숙명적으로 갖고 있다는 등
구차한 변명들을 늘어놓았다.
그들의 설명이 맞는 것이라면
오늘날 세계 10위권 내 경제 대국과
세계 6위권의 군사 대국이 되어
세계사의 중심권에 우뚝 서 있는
대한민국의 현실에 대해선 무어라 설명할 것인가.
백의 민족이라는 점에서도 그렇다.
거리에 나가 보라.
얼마나 요란스럽고 칼라풀한 옷들을
계절마다 바꿔 가며 입고 다니는가.
솔직히 고백하지면 흰 옷이 좋아서가 아니라
염색술이나 시민들의 생활 소득이
그를 따라주지 못했던 것이 옳은 답이다.

대다수 서민들에겐 무명치마 저고리를 입는 것마저
감사할 만큼 팍팍한 생활을 벗어나지 못했던 나라였다.
그렇게 말하는 학자들의 말을 뒤집어 해석해 보면
모든 침략 국가들은 국민성이 포악하고
국토의 면적이 넓고 방대하기 때문에
이웃 나라들을 침범할 수 있었으며
세계 최강의 국가가 되었다는 뜻인데
그것은 역사적 사실에 비추어 보아
전혀 근거에 맞지 않는 말이다.
유럽을 통째로 집어삼킨 로마제국도
처음에는 도시국가로 시작되었고
해가지지 않는다는 대영국제국 역시도
우리나라보다 크지 않은 국토의 면적을 가지고 있는 것이
이를 증명해 주고 있다.
미사여구(美辭麗句)로 치부를 덮는다 하여
그 역사가 사실과 전혀 다르게 변질되거나
오래도록 숨겨질 수는 없는 것이다.
따라서 역사를 바라보는 자세는
언제나 팩트(fact)에 근거해서 균형 잡힌 시각으로 접근해야 한다.

세계사는 곧 전쟁의 역사라 할 만큼
수 없는 전쟁이 끊임없이 일어났고
그때마다 세계 지도가 바뀌었으며

수많은 나라들이 탄생했다 멸망하기를 거듭했다.
그러는 과정에서 막혔던 길이 뚫리고
문화가 서로 교류되면서 진화한 새로운 문명이 탄생한 것이다.
이것 역시 먹고 먹히는 자연계의 순환과 순리에 부합되는 것으로
인간의 역사도 이 법칙에서 벗어나지 못한다.
이 법칙은 현재 진행형이기도 하며 어느 시대를 막론하고
강대국들 이웃에 군침 당기는 허약한 나라가 있으면
그것은 여지없이 강대국들의 밥이 되었거나
속국으로 전락했다.
앞서 언급 한바와 같이 이것은 누구를 탓할 문제도 아니고
약육강식(弱肉強食)이라는 냉혹하고도 무자비한
자연계의 한 현상이라고 보아야 할 것이다.
한마디로 TV에서 방영되는 동물의 왕국과 다를 바 없다는 거다.
오늘날에는 그나마 UN이란 국제기구가 있어서
약소국들을 어느 정도 보호해 주는 역할을 하고 있지만
그렇다고 완벽한 단체는 아니다.
상임이사국(常任理事)이라는 아주 불공평한 기구를
강대국들이 독점하고 있기 때문에
구조적으로 납득하기 어려운 결함도 있다.

결론적으로 우리나라 조선은
스스로를 방어할 힘이 없는 허약한 나라였기에
이웃 강대국들의 손쉬운 먹잇감이 되었던 것이다.

이제 대한민국은 그 치욕스럽고 슬픈 역사에서 완전히 벗어나
그 어느 때보다 강한 국력을 바탕으로
세계 일등 문명의 중심 국가로 새로운 역사를 써 내려가고 있다.
그 누구도 우리를 감히 깔보지 못하며
오히려 서방 여러 나라들의 부러움을 사는 나라가 되었다.
이것은 오직 현재를 살아가고 있는
대한민국 국민들의 피와 땀에 의한 노력으로 이룩해 낸
성공적 신화다.
이는 우리 역사상 단 한 번도 이뤄 보지 못했던 경험이며
세계사에 남길 대기록이다.
어떤 이들은 이를 한강의 기적이라 말하기도 한다.
이제 우리 모두 자부심을 가져도 좋을 것 같다.
지금과 같은 발전 속도로 우리의 미래를 점쳐 본다면
초 일류국가의 진입도 그리 멀지 않았음을
가늠해 볼 수 있다.
우리 경제는 이미 탄력을 받고 있다.
따라서 우리 국민들은 약간의 동기 부여만 해 주어도
무엇이던지 해 낼 수 있다는 자신감에 차 있다.
또한 그 어느 민족보다도 수준 높은 IQ와
질 좋은 DNA를 가지고 있는 민족임이 밝혀진 것에
자부심을 느낀다.
그리 멀지 않은 미래에 우리도 UN의 상임 이사국이
될 수 있다는 희망적인 기대를 해 본다.

결코 불가능한 일도 아니다.
우리의 국가적 역량을 스스로 키워서 국가 위상을
세계 4위권 이내로 높여 줄 수만 있다면
충분히 가능한 일이다.
이를 달성하기 위해서는 무엇보다도
이 나라의 미래를 맡겨야 하는 대통령이나 정치인들을
잘 뽑아야 한다.
거기에 민족의 운명이 달려 있기 때문이다.

우리나라 조선은 왜 500년이란 기나긴 역사에서
가난의 때를 단 한 번도 벗어 보지 못한 채
힘없는 속국으로만 살았을까?
무엇을 잘못했기에
항상 강대국들의 등쌀에 그토록 시달림을 당하면서도
부국강병(富國强兵)의 꿈을 단 한 번도 이룰 수 없었던
원인은 어디에 있었나?
대한민국 역사에 이 질문을 하며
그 원인을 찾아서 조선의 역사 속으로 먼 길을 떠나 보자.

조선이란 나라를 한마디로 정리하자면
나라 밖 국제 정세가 어떻게 돌아가고 있는지
그 정보에 대해서는 너무 무지했다.
세계 경제와 정세를 내다보는 안목이 전혀 없었다는 것이다.

삼국시대 신라만 하더라도 멀리 떨어져 있는 아라비아 제국들과
교역을 하며 부를 축적했던 훌륭한 역사가 있다.
그런 신라였기에 삼국통일이란 대업을 이룰 수 있었던 것 아닌가.
그런데 왜 고려와 조선에서는 무엇이 모자라서
이와 같이 훌륭한 역사적 자산을 계승 발전시키지 못했을까.
“문제가 생기면 형님 나라에서 해결해 주는데
우리가 그것까지 신경 쓸 필요가 뭐 있겠나.” 하는
사대사상(事大思想)이 팽배해 있던 것은 아니었을까.
하는 생각마저 든다.
내부적으로는 사대부들 간 치열한 당파 싸움으로
미래를 위해 투자해야 할 국가 에너지를 모두 소진해 버렸다.
조선이란 나라가 무엇보다 불행했던 것은
멀리 내다보는 혜안과 작은 것에 휘둘리지 않는
통 큰 군주와 정치가들이 없었다는 것이다.
혹여 지혜롭고 식견을 가춘 학자들이 있었다 해도
그들은 언제나 당파 싸움의 희생양이 되어
매번 권력의 중심부에서 배척당했고
멀리 귀향살이를 떠나야 했다.
머리 좋은 인재가 전혀 없었던 것은 아니다.
불행하게도 그들은 나라를 위한 도구로 써먹지 못했던 것이다.
소위 함량 미달의 정치꾼들만이 정치판 중심부를 배회하며
간사하고 교활한 잔꾀나 술수를 부리면서
자기 밥그릇 챙기기에 연연했고

우직한 충신들을 죽이거나 멀리 귀향 보내는 일이
그들이 하는 정치의 전부였다.
죽이지 않으면 죽는다는 식의 극한적 파벌 싸움과 당쟁이
잠시도 멈출 때가 없었던 것이다.
특히 왕조 시대 절대 권력자인 왕의 무능력이
국가 경쟁력 하락에 가장 큰 요인으로 작용했다.
그들은 국내 현실 정치에만 안주했고
통치 기간 내내 간신배들의 아첨과 모략에 놀아났다.
국제 정세를 직관하는 혜안과 미래 비전이 전혀 없었던 것이다.

정리하자면 무능력한 군주와 그를 호위하고 있는 탐관오리들에 의해
강하고 부유한 나라가 될 수 있는 기회를 갖지 못했던 것이다.
예를 들자면 임진왜란도 충분이 피할 수 있는 전쟁이었다.
그런데 무능한 정치권이 오히려 그 화를 불러들인 꼴이 된 것이다.
이를테면 임진란이 발발하기 18년 전
충신 이율곡은 왜의 침략이 있을 거라 예견하고
이를 대비코자 10만 대군 양병설(養兵說)을 강력하게 주장했다.
그러나 눈 뜬 맹인과 다를 바 없는 선조와
그를 둘러싸고 있는 간신배들 즉
탐관오리들에 의해 무참하게 묵살당했던 것이다.
이율곡의 주장대로 임했더라면
임진란과 같은 지난한 7년 전쟁은
우리 땅에서 일어나지 않았을 것이다.

우리도 이스라엘처럼 땅 덩어리는 작지만
잘못 건드렸다간 몇십 배 보복당한다는 인식을
주변국들에게 각인시켜서
다시는 넘보지 못할 만큼 아주 막강한 힘을 가진
강소국이 될 수는 없었을까?
어두운 역사를 지켜보면서 이 점이 내내 아쉬웠다.
고구려의 광개토대왕이 저 요동과 북만주를 누비며
대륙을 향해 호령했던 그때처럼 말이다.
이렇듯 나라의 리더는 누가 되느냐에 따라
그 나라의 운명을 좌우하는 결정적 요인으로 작용한다.
그나마 우리에게 천만 다행스러웠던 것은
외부 세력에 수 없이 짓밟히며
한때는 국호를 잃어버린 적도 있지만
고유한 민족 문화유산만큼은 그 맥을 이어왔기에
오늘날의 대한민국으로 살아남을 수 있었던 것이다.

이웃에 강한 군사력을 가진 나라가 있다 하여
그에 굴종하며 살아야 한다는 논리는
패배주의적 발상이며 억지 변명에 불과한 괴변이다.
쉽게 말해, 우리가 그들보다 더 큰 경제력과
더 강한 군사력으로 무장하면 될 것이다.
생각하건대 이 나라 조선의 위정자들은
사대사상과 패배주의에 빠져서 오랜 세월 길들여져 있었고 그를 벗어나 보겠다는 생각마저 못 했던 것 같다.

이제 대한민국도 세계가 부러워할 만큼
잘사는 나라가 되었고
국방력 역시 세계 6위권의 막강한 나라가 되었으니
과거의 그런 소극적인 생각에서 완전히 벗어날 때가 되었다.
국제사회에서 우리의 위상이 그만큼 달라졌다는 것이다.

지금까지 세계사는 남의 나라 영토를 강제로 빼앗아
국력을 키워 가는 약육강식이 통하는 시대였다.
그러나 지금은 UN이란 국제기구가 있어서
과거의 그런 방식으로는 많은 제약과 희생이 뒤따른다.
미래 시대는 경제력과 문화를 바탕으로 하는 국가 경쟁력이
그 일을 대신하게 될 것이다.
막강한 경제력을 바탕으로 이웃 나라들에 이바지 하며
풍부한 문화 콘텐츠로 자국의 문화를 세계인들과 공유할 때
그것이 바로 초일류 국가이자
세계 최강의 나라가 되는 길이다.

대한민국을 세계가 주목하는 선진국 반열에 올려놓고
초일류국가로 향한 길을 재촉하고 있는 시점이다.
이번에는 우리 조상들에게 묻고 싶다.
당신들은 왜 늘 전쟁에서 패하고

그들을 형님 나라로 받들며 살아야 했는지를

앞서 지적했듯이 임진란을 통해서
호되게 당했던 역사적 경험이 있으면서도
그로부터 겨우 300년이 지난 1910년에
또다시 그들에 의해 침탈당한 우리 조상들의 무능함과
무책임에 화가 치밀고 피가 거꾸로 솟는다.
침략한 왜놈보다 정신 못 차린 우리 조상들이
더 밉기 때문이다.
이런 생각은 비단 작가뿐만이 아닐 것이다.
수치스럽고 창피한 우리 역사를 다시 들추어내는 까닭은
다시는 반복되어서는 안 될 교훈으로 삼기 위함에서다.

조선이란 나라의 국가적 운명이 다 해가던 1860년대에
이웃 나라 일본에서는 소위 명치유신이란 이름하에
국가 개조의 대혁신이 시작되었다.
서양 문물을 받아들이고 문호를 개방하여
부국강병을 이루던 시기다.
당시 동아시아권 국제 정세를 살펴보자.
이 지역에 속한 대다수 국가들은
서구 열강에 의해 이미 식민지화되었고
청나라는 1860년에 터진 제2차 아편전쟁에서
그 패전의 대가로 홍콩을 영국에 진상하였다.

이때 옆에서 이 싸움을 지켜보며
호시탐탐 기회를 엿보고 있던 일본은
청나라가 허우대만 컸지, 속 빈 강정이라는 것을 갈파하고
1895년에 드디어 대륙 정벌이라는 야욕에 불을 당겼다.
이것이 바로 우리가 알고 있는 청일전쟁(淸日戰爭)이다.
이렇듯 조선의 이웃 나라들은
온통 땅 따먹기 전쟁의 소용돌이에 휩싸여서
곳곳마다 화약 냄새가 진동하고 있을 때다.
이때 조선이란 나라는 과연 무엇을 하고 있었나?
어리고 나약한 12살짜리 임금인 고종을
구중궁궐 깊은 곳에 얼굴 마담으로 가둬 놓고
대원군과 중전의 외척들이 한가한 세력 다툼이나 하고 있었다.
또한 1866년에는 서양인 신부를 무려 9명이나
처형시키는 범죄를 저질렀는데, 이를 병인양요(丙寅洋擾)라 한다.
참으로 시대착오적인 사건이라 아니 할 수 없다.
게다가 왕의 위엄을 더 높여야 한다는 명목으로
1868년 경복궁 중건이란 대역사에 국고를 낭비함으로써
나라 곳간은 바닥이 났고, 이 일로 백성들 등골만 빠졌던 것이다.
엎친 데 덮친 격이란 우리 속담이 있다.
1882년에 발생한 임오군란(壬午軍亂)이 바로 그런 격이다.
무능한 임금과 탐관들이 조정을 좌지우지한다 해도
나라를 지키는 군인들의 사기와 군기만이라도
서릿발처럼 살아 있으면 최소한 나라는 망하지 않는다.

허나 임오군란은 글자 그대로
군인들이 변란의 주체가 된 사건이다.
그 동기를 살펴보자면 더욱 어처구니가 없다.
신구 군인들 간 차별 대우했다는 것이 주된 이유였다.
어쩌면 이 사건이 패망의 결정적 역할을 한 것이 아닌가 생각된다.
나 잡아먹을 사람 없소?
이와 같은 방을 붙여 놓은 꼴이 된 것이다.
이런 나라를 그냥 놔둘 마음씨 착한 국가들이 어디 있을까 싶다.
조선이란 나라는 이미 수명이 다 되어
스스로 무너져 내리고 있었던 것이다.
국호를 침탈당하고 오랜 세월 남의 나라에
합방된 것이야 말로 스스로 그 일을 자초한 결과였다.
말뿐인 대한제국은 이미 1860년대부터
그 비운의 싹이 자라기 시작했고
한일합방(韓日合邦)이 되던 1910년경에는
일본의 침략이 없었더라도
스스로 지리멸렬(支離滅裂)하고 있던 참이었다.
이때 마침 일본이란 나라가 운 좋게도
굴러 들어온 떡을 편안하게 주어먹은 꼴이 되었던 것이다.
이번에는 임진란 때와는 달리 싸움 한번 못 해 보고
나라를 고스란히 일본에게 바치고 만 것이다.
일국의 임금이란 자가 침략군이 무서워
러시아 공사로 허겁지겁 피신해 가는 모습은

참 딱하기도 하며, 망국의 마지막 장면을 보는 듯하다.
이것을 아관파천(俄館播遷)이라 한다.
이후 36년이란 세월이 지나면서
우리에게 뜻하지 않았던 행운이 찾아왔다.
일본이 미국을 침략하고 패망한 일이다.
역설적인 이야기지만 일본이 미국을 침략하지 않았더라면
대한민국은 사라진 문명이 되어
역사책에서나 볼 수 있는 그런 나라가 되었을 뻔했다.
아시아 전역을 삼키고도 모자라서
미국을 접수하기 위해 태평양전쟁을 일으켰던
일본의 두둑한 배짱과 그 담대함은
우리의 초라한 역사와 견주어 볼 때
부러움을 사기에 부족함이 없다.

여기서 나라를 잃어버린 민족의 슬픔이 어떠한지
아픈 가슴을 후벼 파는 노래 한 구절 소개한다.
"울밑에 선 봉선화야 네모양이 차량하다.
길고 긴 날 여름철에 아름답게 꽃 필 적에
어여쁘신 아기씨들 너를 반겨 놀았도다."
김형준 시에다 홍난파가 곡을 붙인
우리 모두가 즐겨 부르던 노래다.
여기서 봉선화는 당시 우리 민족을 지칭하는 용어로
비통한 마음에 스스로를 한탄하는 노래라 한다.

노랫말에서 보듯이 희망과 용기라고는
어느 소절에서도 찾아볼 수 없고 단지 옛날의 영화만을 그리워하며
망국의 한을 달래려는 노랫말이다.
또한 모든 것을 포기하고 체념한 듯한 가삿말로
다분히 염세주의적이다.
작가가 어렸을 때 누나와 이 노래를 부르며
어찌나 애잔했던지 측은지심에 빠져
한때 우울했던 기억이 있다.

요즘 여의도 정치판을 보면서
왠지 걱정이 되지 않을 수 없다.
역사는 반복한다고 했던가.
나라를 되찾은 지 얼마나 되었다고
벌써 역사의 교훈을 잊어버린 듯하다.
이제 먹고살 만하니까 소위 여의 문법이라 하여
세상 민심과는 아주 다른 말과 행동으로
통역과 해설가가 있어야 할 정도니 말이다.
그들 말로는 트릭과 반칙이 난무하는 곳이라
정상적인 방법으로는 원하는 결과를 얻어낼 수 없기 때문에
어쩔 수 없다는 것이다.
정치판이 신뢰를 잃고 썩어 가고 있다는 사실을
그들 스스로가 고백하고 있는 꼴이다.
아찔한 생각마저 든다.

그렇다고 정치인 모두가 다 그런 것 같지는 않다.
깨끗하고 올바른 사람으로 국민과 함께 호흡하는
정치인들도 꽤 있다.
다만 전면에 서서 스피커 노릇을 하며
이전투구(泥田鬪狗)하는 자들에 가려서 잘 보이지 않을 뿐이다.
이를 두고 악화는 양화를 구축한다고 하나 보다.
경제 이론이 정치에서도 통하는 것 같아 씁쓸하다.
이제부터는 국민들도 두 눈 부릅뜨고
양심적으로 차분히 시민과 소통하는
진정한 선량들에게 힘을 실어야 한다.
세종시에 새로운 회관이 들어선다 하니
이곳에서는 그들만의 문법이 아닌
전 국민의 문법으로 시민 모두와 함께 교감하는
정치판이 되길 기대해 본다.

지금 우리가 이 나라 역사를 심판하듯
우리도 미래 세대로부터 소한 당하지 않으려면
이 나라 대한민국을 초강대국 대열에 진입시켜 놓는 데
진력을 다해야 할 것이다.
그러기 위해서는 무엇보다도 실력 있는 통치자가 나와야 한다.
특히 미래를 읽어내는 혜안과 강한 추진력으로
흐트러져 있는 나라의 에너지를
한곳으로 모을 수 있는 그런 리더 말이다.

그 옥석을 가려내는 일은 오로지 국민들 손에 달려 있기에

국민들 선택이 그 무엇보다 엄중하다.

그러기에 선거는 국민들 스스로

나라의 운명을 결정 짓는

민주주의의 꽃이라 하지 않는가.

47

신은 살아 있나?

내로라하는 종교 학자들도 이 질문에
쉽게 나서서 솔직한 자신의 속내를 드러내지 않는다.
그들이라고 이 문제에 대해 하고 싶은 말이 없겠냐만
괜한 일로 단단히 조직화 되어 있는 단체로부터
날벼락이 떨어지고 몰매를 맞는 수모를 겪지 않을까,
하는 염려에서 일게다.

신은 인간과 달리 영원 불멸(永遠 不滅)의 존재이기에
논리적으로는 죽을 수가 없다.
하지만 신이라고 죽지 말라는 법 있나?
이런저런 생각에 머리가 복잡해진다.
그 불문율 같은 성역에 필자가 감히 메스를 대 보려 한다.
우선 신에 대한 사전적 의미부터 정리해 보자.
"종교의 대상으로 초인간적 초자연적 위력을 가지고
인간에게 화복을 내리는 존재"로 되어 있다.
또 다른 조물주(造物主)란 이름으로 불리기도 하는데

우주 만물을 만들고 다스리는 존재다.

신의 종류는 세 가지로 나누어 볼 수 있다.
첫째로는 천지 창조자의 조물주 즉
형체가 없으며 상상으로만 존재해 온 절대자와
둘째, 예수나 석가모니 그리고 마호멧과 같이
인간으로 태어나서 진리를 깨우치고 그를 실천한 사람으로
성인의 반열에 올은 사람이다.
이들은 현자로서 그들을 따르는 제자들에 의해
신격화 된 사람이다.
마지막으로 첫째와 두 번째를 제외한
나머지 모든 신들 즉 잡신들로 구분지어 진다.
이 잡신들은 세계 여러 곳에 분포되어 있는데
토착민들이 그들 나름대로 섬겨 온 토속 신앙이다
이에 해당하는 신들은 헤아릴 수 없을 정도로
무수히 많다.

신에 대해 논하자면
역사에서 이미 크게 파란을 불러일으켰던
프리드리히 니체를 소환하지 않을 수 없다.
그는 1844년 독일에서 목사의 아들로 태어났고
'신은 죽었다.'라는 말을 남겨서
사회적 파장을 크게 일으켰던 인물이다.

당 시대는 종교가 너무 비대해졌고
사회 전반에 걸쳐 타락과 부정을 일삼아
스스로 몰락의 길을 재촉하고 있을 때다.
이래서는 안 되겠다 싶어
니체가 종교계에 메스를 들이댄 것이다.

또한 과학이나 물리학의 발달로
종교가 추구하는 선이나 초능력의 가치만으로
이 세상을 더 이상 구원할 수 없다는
절박한 심정에서 나온 외침이 아니었나 생각된다.
다시 말해 종교도 진화하는 사회와 동행하지 못하면
결국 역사 속으로 살아지게 될 것이라는 충정에서
종교계에 던진 경고의 메시지로 보여진다.

'신은 죽었다.'라는 말은
신비주의적인 신의 세계와 현실주의적인 인간의 세계가
더 이상 따로 존재할 수 없고
서로 함께하는 생활종교로 거듭나야만
종교도 생존이 가능하다는
실존주의적 철학사상에서 나온 발상이라 하겠다.
혹자는 그를 염세주의자라 평하지만
필자는 그렇게 보지 않는다.

신의 존재에 대해 필자는 이렇게 생각한다.
조물주라 언급된 신은 처음부터 없었다.
존재하지 않기에 죽어야 할 대상도 없다.
필자의 이런 생각은 간단한 이론으로 증명이 가능하다.
이 세상 온갖 만물을 창조해 낸 절대자 즉
하나님이 존재한다면 악마도 그가 만들었어야 한다.
'그것이 아니라면 악마는 누가 만들었나.'라는 질문과
마주하게 된다.
다른 어떤 존재가 악마를 만들었다면
천지창조(天地創造)를 했다는 절대자(絶對者)의 존재를
스스로 부정하게 되는 꼴이 되는 것이다.
이것이 창조론의 한계이자 자기모순이다.
따라서 형이상학적인 의미만을 상징하는
절대자나 조물주의 존재는 가설이며 허구라는 것이다.
다시 말해 이 세상 어느 곳에도
처음부터 그런 신은 존재하지 않았다.
다만 믿음을 가진 자들의 마음속에만 있을 뿐이다.

두 번째로 예를 든 예수나 석가의 죽음에 대해
달리 해석하는 일부 학자들도 있다.
이를테면 육신은 썩어 흙이 되었더라도
그들이 남긴 행적이나 영혼은
사라지지 않는 어록으로 남아 있기에

영원히 죽지 않는 존재 즉 신이라는 것이다.

현대 물리학이나 천체과학에서 보는 우주는
응집된 가스가 폭발하여 탄생한 것이라는
빅뱅이론을 정설로 삼고 있다.
여기서부터 종교와 과학이 정면으로 충돌하고 있다.
논리적으로 해석이 불가능한 지점에 다다르면
종교에서는 다들 이렇게 말한다.
인간의 언어로는 감히 설명할 수 없는
신성하고도 영험한 영역이다.
그러니 일단 믿음으로 그에 가까이 다가가
간절히 답을 구해 보라
그러면 언젠가는 원하는 답을 스스로 찾게 될 것이다.
대체적으로 이런 결론이다.
필자는 이것 역시 괴변에 지나지 않는다고 본다.
결국 정신적으로 세뇌된 상태에서 허상을 실상이라
착각토록 하는 것에 불과하기 때문이다.
종교도 인간의 역사와 함께 발전해 온
인간사 내에 존재하는 직업군이기에
이 세상에서 벌어지고 있는 모든 일들의 설명이
인간의 언어로 가능해야 한다.
이것이 필자의 생각이다.

신이 있다와 없다의 답은 사람마다 다를 것이다.
신이 있다고 믿는 사람의 마음속에는
이미 신의 존재가 자리하고 있기에
신은 있다라 할 것이다.
그런 사람에게 신의 존재 유무를 묻는 자체가
어리석은 일이다.
닭이 먼저냐? 달걀이 먼저냐?와
같은 맥락의 문답이라고 봐야 하기 때문이다.

종교에서 가장 소중히 여기고 있는
사랑과 자비에 대해 좀 더 깊숙이 들어가 보도록 하자.
사랑과 자비는 같은 뜻으로 종교가 아니더라도
이 세상에서 가장 가치 있는 화두다.
그것을 통해 이 사회가 좀 더 행복해지고
평화를 얻을 수 있기에 우리 인간 사회에 없어서는 안 될
소금과 같은 존재로 여긴다.
하지만 그것이 선하고 착한 사람들에게만
누려야 한다는 보장은 없다.
악하고 나쁜 사람들도 행복할 권리가 있다는 것이다.
우리가 생각하는 순리(順理)나 인과응보(因果應報)에도 적용되지 않는
엉뚱한 결과로 나타나는 것이 사회 현상이기 때문이다.
다시 말해 선한 사람이 항상 불행하게 살 수도 있고
악한 사람이 행복하게 살 수도 있는 것이

현실 사회라는 것이다.
그러니까 선한 사람만이 행복을 누려야 한다는 등식은
이 세상에 존재하지 않는다는 것이다.
따라서 삶이란 한마디로 정의할 수 없을 만큼
아주 복잡하며 인과의 법칙도 통하지 않는 세계다.
어떻게 보면 인생은 모순 덩어리라 할 수도 있다.
다시 말해서 사람들이 살아가는 동안
자연적으로 발생하는 모든 현상들이
때로는 무자비한 결과로 나타나기 때문에
이치와 순리만으로 인생을 설명할 수 없다는 것이다.

종교에서 말하는 선과 악이
현실 세계에서 이렇게 충돌할 경우
그들 종교에서는 사후 세계론을 들고 나온다.
악한 자가 지금은 잠시 행복할 수 있을지는 모르나
죽어서는 반드시 지옥에 떨어진다는 이론이다.
이것이 바로 종교가 가지고 있는 한계다.
지옥은 어디 있으며
그것은 또 누가 증명해 줄 수 있단 말인가.
정말로 신이 존재한다면 그 절대적인 위력과 초능력으로
이 모순된 지금의 사회를 순리와 이치가 통하는
밝은 사회로 만들어 줄 수는 없는 것일까.
작가는 현실주의자로서 잠시 어린아이 같은 생각을 해 보았다.

따라서 종교에서 말하는 그 천당이나 지옥이 존재한다면
저 먼 다른 세계에 있는 것이 아니라
우리가 살고 있는 바로 이 세상에 둘 다
함께 있어야 한다는 것이 필자의 생각한다.

지금부터는 어둡고 음침한 종교의 내부를 조명해 보자.
언론을 통해 자주 등장하는 종교 지도자들의 타락은
차마 입에 담기 민망할 정도다.
특히 여성 신도를 상대로 성을 착취하는 범죄가
끊임없이 발생하고 있다.
더욱 심각한 것은 이를 알면서도 쉬쉬하며 용인해 주고
오히려 알선까지 해 주는 신도들도 있다고 한다.
이쯤 되면 타락의 극치를 보여주는 것이 아닌가 싶다.
중세 시대 몰락의 길을 가던 종교의 끝판을 보는 듯하다.
그러고 보면, 종교도 인간사와 마찬가지로
흥망성쇠(興亡盛衰)라는 세상의 기본 이치를 벗어나지 못하나 보다.
백보 양보해서 종교 지도자들도 사람인지라
타락할 수 있다고 치자
그렇다면 일반 사회인에 비해 그들에게는 훨씬 더 가혹한
가중 처벌로 엄히 다스려야 한다는 생각이다.
그렇게 해야만 공평한 사회 구현과
더 밝고 맑은 사회로 발전하는 본보기가 될 것이다.

종교도 인간 사회와 함께 있을 때에만
종교로서 존재 가치가 있다.
따라서 건전한 사회로 가기 위해서는
사랑과 자비라는 공통분모를 통해
사회와 종교가 그 일에 앞장서야 하겠다.
만약 이 세상에 악이나 미움이 없어지고
오로지 선과 사랑만 남게 된다면
그것은 우리가 알고 있는 선과 사랑이라 하지 않고
어쩌면 다른 이름으로 표기 되었을 것이다.
악의 대칭 언어로 선의 소중함을 알고 있는 데 반해
악이 없는 선만이 존재하는 세상에서는
선의 귀중함을 모를 것이란 이야기다.
때문에 악이나 미움이 득세하면 할수록
선과 사랑이 얼마나 소중한지를 깨닫게 해 준다는 뜻이다.
아이러니 하게도 악은 선을 위한 필요 악이란
결론에 이르게 된다.

종교도 그가 가지고 있는 사회적 역할을 다할 때만
종교로서의 신성함과 존엄을 받게 된다.
오죽 했으면 "신은 죽었다."라는 말을 했을까.
종교 스스로 자기 무덤을 판 격이다.
따라서 풀어야 할 답도 그들 스스로 찾아야 한다.
우리 같은 소시민들이야 이제껏 살아왔던 방식대로

도덕적 양심에 따라 선하고 착하게 살면
그 자체가 천국이며 행복하지 않겠나 하는 생각한다.
다시 말해서 선하고 착한 사람은 그 삶 자체가 천당이라는 것이다.

지금까지는 비판적인 시각에서 종교를 논했다.
하지만 긍정적인 측면에서 종교가 이 사회에 끼친
수많은 업적도 역사의 기록을 통해 확인해 볼 수 있다.
굳이 역사를 들먹이지 않더라도
종교가 없는 사회를 상상해 보자.
기본 질서가 무너지는 것은 시간문제일 것이고
악이 활개치고 다니는 세상으로 변할 것이 불을 보듯 뻔하다.
그러기에 종교가 가지고 있는 사회적 역할은
그만큼 크다 하겠다.
그런 차원에서 이 사회를 떠받치고 있는 큰 기둥이 종교임에는
의심할 여지가 없다.
혼탁한 사회를 정화시키는 데 필터 역할을 해 주고
마음의 평화를 쉽게 얻을 수 있게 해 주는
사회의 중요한 리더로서 그 역할에 더욱 충실 해 주길 기대한다.
이것이 바로 필자가 생각하는 종교론이다.
종교에 대해 쓴 소리를 마다하지 않는 것도
그만큼 그를 아끼고 있다는 증거다.
환부를 드러내고 이슈화하는 것이야말로
치유할 수단을 빨리 찾을 수 있는 길이기 때문이다.

48

자유란 무엇인가?

세계 여러 곳에서 민주주의를 선택하고 있는 나라들 중
개인의 자유와 권리가 가장 많이 발달되고
보장된 국가를 고르라면 미국이나 프랑스 영국 등
서방 여러 나라들이 있다.
그러나 요즘 그런 나라들에서 자유민주주의가
심각하게 훼손되는 일들이 벌어지고 있다.
일부 이익 단체에서는 개인의 자유를 내세워
모든 국민들이 누리고 있는 자유에 심각한 위협을
가하고 있다는 점이다.
예를 들자면 국가가 표방하는 정책이
자기들 기호에 맞지 않는다 하여
대형 상가에 방화를 한다거나 약탈을 하는 등
용서할 수 없는 불법 행위를 저지르고 있다.
치안이 부재한 일부 아프리카 후진국에서나 볼 수 있는
장면들이다.
먼 나라 유럽에서 발생한 사건이지만

왠지 남의 일 같지가 않다.
오랜 세월 수없이 많은 피를 흘려가며 쌓아 온 자유가
한순간에 무너져 내리는 것 같아
그 모습이 너무 안타까우며 왠지 씁쓸하고 허탈하다.

현대 사회를 살아가고 있는 우리들에게 자유와 개인의 권리가
얼마나 소중한 가치로 작동하고 있는지에 대해서는
두말할 여지가 없다.
그런 자유가 일부 강성 시위자들의 폭력에
유린되고 있는 현장을 마주하다 보면
자유란 무엇인가?에 대한 궁금증과
그에 대한 근본적인 질문을 자문해 보게 된다.
우선 자유에 대한 사전적 의미부터 살펴보자.
"남에게 구속을 받거나 무엇에 얽매이지 않고
자기 마음대로 행동하는 것"이라 되어 있다.
뜻을 그대로 풀어 보자면
남의 눈치를 전혀 보지 않고
오로지 자기 마음대로 행동하는 것을 의미한다.
사전적 의미로만 보자면 약육강식(弱肉强食)이라 할 수 있는
고대 야만의 시대로 돌아간 느낌이 든다.
그러나 민주국가와 민주 시민사회에서 요구하는 자유란
사전적 의미인 무조건적인 자유가 아니다.
그 자유를 보장해 주기 위한 최소한의 전제 조건 즉

규정이나 규범, 규제 규칙 등
법으로 만든 룰을 통해서만 허용되는 자유여야 한다.
다시 말해 우리 사회가 요구하는 자유란
질서를 유지하기 위한 최소한의 사회적 약속이 있어야
한다는 것이다.
거구로 말해서 규범이나 규칙이 없는 자유는
무법천지가 되며 급기야 약육강식이 난무하는
야만의 시대로 돌아가게 되는 것이다.
간단한 예를 들어 보자,
자동차들이 다니는 교차로에서
신호등이 없고 그에 따른 공동의 약속 체계가 없다면
교통은 당장 마비되고 말 것이다.
그런 상황에서 개인의 자유란 잠시라도 존재할 수 없다.
이와 같이 진정한 자유란 서로에게 불편을 주지 않도록
약속된 룰을 서로 지키는 가운데에서만 보장되는 것이다.

그럼 자유를 누리기 위한 가이드라인은
어느 선으로 정할 것인가?
이것은 나라의 문화 수준이나 종교에 따라 서로 다르며
또한 시대에 따라 가변적이다.
예를 들자면 동양의 유교 문화권과 서양의 기독교 문화권에 살고 있는 사람들의 생각이 서로 다르며
특히 이슬람권의 율법은 더욱 엄격하다.

뿐만 아니라 그 속에 살고 있는 이익 집단들의 이해관계가
얽혀 있는 것이라면 더 더욱 복잡해진다.
하지만 분명한 것은 서로에게 피해를 덜 주면서
질서 유지가 가능한 최소한의 범위로 정해야 한다는 것이다.
그래야 계층 간 혹은 이익 집단 간에 갈등을 최소화할 수 있으며
사회적 약자들이나 그 집단 속에 있는 모든 사람들이
더불어 공평한 자유를 누릴 수 있는 것이다.

그 라인을 어느 곳에 긋느냐에 따라
사회주의국가 혹은 독재정권이라 부르기도 한다.
이를테면 개인의 자유가 극도로 제한되고
집단의 이익만을 최우선시하는 전체주의(全體主義) 국가도 있다.

현대 자유민주주의 국가에서는
비록 내 마음에 들지 않는 정책이 있다 하더라도
그것이 시민사회 전체를 이롭게 하는 것이라면
개인의 자유와 권리에 약간의 제한이 따르더라도
그 규칙이나 규범을 지켜야 하는 것이
성숙한 시민 의식이라 하겠다.
자유 민주사회를 표방하고 있는 세계 여러 나라에서는
이를 실천하기 위한 일환으로 어려서부터 교육을 통해
몸에 익숙해지도록 가르치고 있는 것이다.

그러기에 자유는 자유를 누리기 위한 관련 법을
지키는 사람에게만 주어져야 한다.
다시 말해 그렇지 못한 사람들 즉
사회 질서를 파괴하고 규칙과 규범을 어겨 가며
그들의 요구를 관철하려 하는 사람들에겐
비록 그 요구가 정당하다 하더라도 절대로 용인되어선 안 된다.
오히려 불법에 대한 페널티(penalty)로 그들에게 불이익을
가중시켜야 한다.
그것이 자유를 수호하는 평범한 시민들을 위하는
길이기도 하다.
따라서 자유는 민주가 뒷받침 되어야 하고
그 민주는 반드시 절차적 정당성을 확보한 가운데에서만
그 힘을 발휘할 수 있는 것이다.

어느 사회나 노동조합은 꼭 있어야 할 단체다.
현재 국내에 있는 대형 노동단체들 중
한국 노총이나 민주노총에 속한 일부 강성 노조원들의
지나친 행동은 그 위험 수위가 이미 도를 넘어섰다.
일일이 예를 들 수는 없지만 회사 경영에 참견한다거나
부정한 청탁을 하고 돈이 오가는 등
썩은 냄새가 진동하는 단체도 있다.
안타깝지만 이것이 우리나라 양대 노총이
처해 있는 현주소다.

국가 권력에 맞서려는 그들의 세력과 영향력은
이전에 비해 엄청나게 커졌음을 의미한다.
자유를 논하는 자리에 웬 노조를 들먹이느냐 하겠지만
그들의 불법 시위나 파업으로 인해
집회의 자유가 가장 많이 훼손되고 침해당하고 있는
현실적인 이유가 있기 때문에 꺼낸 화두다.

상식과 순리로 임하는 대다수 일반 노조원들을 제외하고
국민들로부터 외면당하고 있는
일부 강성 노조원들의 불법적 이기주의가
사회를 불안하게 만들고 있다.
더욱 안타까운 것은 정부나 정치인들이
그들을 쉽게 제어하기엔 그들의 덩치가 너무 커져 있다는 것이다.
그들은 이미 뜨거운 감자가 되어 있다.
국내에 어느 정권이 들어선다 해도
서방의 여러 민주국가들처럼 그들과의 대화가 쉽지 않다는 것이다.

지금부터는 노조 측 입장에서 생각해 보자.
우리나라에 산업화가 시작되던 1970년대와 1980년대에는
노동자로 살아가기에 너무나 힘들었던 시기다.
당시 공돌이와 공순이란 비아냥쪼 유행어가
그들의 자존심을 짓밟기도 했던 때다.
그 천대받고 멸시 당하며 일하던 노동자들이

오늘날의 대한민국을 만들었다.
세계 10권내 경제 대국으로 올려놓는 데
가장 많이 기여한 사람들이 바로 그 노동자들이다.
그들은 또한 땀의 가치가 우리들의 삶에
얼마나 소중한지를 깨닫게 해 주었다.
특히 전태일 열사 분신 사건은
척박했던 노동시장에 훈기를 불어넣는 계기가 되었고
노동자들의 자유와 권익을 보호하는 신호탄 역할을 해 주었다.
하지만 과거의 공이 크다 하여
불법 시위와 사회 혼란을 용인해선 절대로 안 된다.
결코 쉬운 일은 아니겠으나 제도권 내에서
절차적 정당성을 확보해 가며 정상적인 투쟁 방법을
찾아야 한다는 것이다.
지난한 과정을 통해서라도 질서를 유지하며
목소리를 하나로 모아간다면
그들도 어느 시점에 가서는 국민들로부터 뜨거운 박수를
받게 될 것이다.
이것이야말로 자유민주사회에서
가장 중요시 여기는 절차적 정당성을 바로 확보하는 길이다.
다시 말해 목적이 아무리 좋은 것이라 해도
힘이나 폭력을 사용하는 불법 파업은
절대로 있어서는 안 된다는 것이다.

독자들은 혹시 원칙만을 강조하는 필자를 향해
원칙주의자라 부를지 모르겠으나
최대의 자유와 권리를 보장받기 위한
최소한의 원칙 즉 규칙이 필요하다는 점에서는
그 어느 누구도 이론의 여지가 없을 거라 생각한다.

자유란 무엇인가?
이 질문에 대해한 답을 한마디로 정리하지면
내 자유와 권리를 보장받기 위해
남의 자유와 권리를 침해해서는
절대로 안 된다는 것이다.
이것이 필자가 주장하는 통제(統制)된 자유론(自由論)이다.

49

개혁과 혁신의 차이

누가 나에게 개혁(改革)과 혁신(革新)에 대해 묻는다면
사회 각처에서 흔히 사용되는 용어라
쉽게 말할 것 같으면서도 무어라 선뜻 대답이 안 나올 것 같다.
새롭게 바꾼다는 정도로만 피상적으로 알고 있기 때문이다.
이들 단어를 가장 많이 사용하는 경우를 살펴보면
기존의 생각이나 방법으로는 실적이나 그 노력의 결과가
기대치만큼 나타나지 않거나 답보 상태에 머물러 있을 때
무언가 변화를 꾀해 그 돌파구를 찾아야 할 상황에서
단골로 사용되는 용어다.
기존의 것을 버리고 새롭게 해 보자는
의미가 있는 것은 분명한데
딱 부러지게 정확한 답을 내놓지는 못하겠다.
두 단어에 새로운 변화를 주자는 뜻이 있다는 것은 알겠으나
그 외의 다른 의미는 구분하지 못하겠다는 것이다.
이참에 독자들과 함께 그 두 단어에 대한 뜻을
자세히 해부해 보기로 하자.

우선 두 단어의 사전적 의미부터
살펴보는 것이 순서일 것 같다.
개혁이란
"제도나 기구 따위를 새롭게 뜯어 고치는 일" 혹은
"새 질서를 세우는 일"이라 되어 있다.
새롭게 뜯어 고친다는 말은
기존의 것을 완전히 없애지 않고
쓸 만한 것은 남겨 놓은 상태에다 새로운 것을 가미해서
보다 새롭게 만들어 내는 행위라 해석할 수 있다.
여기서 간과해서 안 될 점은
기존의 것을 완전히 버리지 않는다는 점이다.
기존의 모든 것을 무시한 상태에서
전혀 새로운 것을 만들어 낸다면
그것은 개혁이 아니라 창조로 봐야 옳기 때문이다.
그러니까 개혁이란
일부 기존의 것에다 창조적인 아이디어나
새로운 것을 가미해서
보다 새롭게 하는 행위로 이해하는 것이
정확한 답이지 않을까 생각된다.

이제 혁신에 대해 알아보자.
혁신이란
"묵은 풍습, 관습, 조직, 방법 따위를

완전히 바꾸어 새롭게 함"이라 되어 있다.
영어로는 innovation이며 영문 해석으로는
a new idea, device 즉
새로운 생각이나 새로운 방법이라 되어 있다.
한마디로 창조적 마인드를 요구하는 단어다.

여기서 개혁과 다른 점이 보인다.
뜯어 고치는 것이 개혁이라면
혁신은 모든 것을 완전히 바꾸자는 것이다.
다시 말해
개혁은 기존의 것을 일부 수렴하는 데 반해
혁신은 모든 것을 완전히 새롭게 바꾼다는 의미로
기존의 것을 조금도 인정하지 않는다는 점이 다르다.
여기서 작가가 젊었을 때 삼성전자 대리점을 경영한 적이 있는데
그때 생각이 난다.
삼성그룹 이건희 회장이 그룹 직원들에게 내건 슬로건(slogan)이다.
"마누라 빼고는 모두 다 바꿔라."
이것이 혁신을 이해하는 데 가장 좋은 예가 되겠다.
한마디로 모든 것을 새롭게 바꾼다는 의미다.
새로운 생각이나 방법을 도입한다는 차원에서는
혁신이 개혁보다 그 수위가 훨씬 높다 하겠다.
건축으로 예를 들자면
개혁은 리모델링(remodeling)이고 혁신은 재건축(再建築)이라고 보면

적당한 비유가 될 것 같다.

국가나 회사 차원에서 혁신과 개혁을
자주 요구하는 이유는 무엇일까?
둘 다 뜻하는 바 고정관념(固定觀念)에서 벗어나
새로운 시각과 새로운 생각으로
문제의 핵심에 다각면 다각도로 접근 해 보자는 것이다.
그렇게 함으로써 시스템 자체를 바꾸고 재무장하게 된다면
안 보이던 것도 보이게 되고
풀리지 않던 문제도 새로운 해법을 찾게 되어
새로운 부가가치를 창출해 낼 수 있다는 것이다.

다시 말해서 개혁과 혁신이란 수단을 통해
품질 향상과 일의 능률을 한 단계 끌어올리려는 데
그 목적을 두고 있다는 것이다.

50

한강의 기적과 사오십 년대생들

칼라풀(colorful)한 오늘날의 대한민국과 우리 민족의 삶을

70년 전인 1950년대와 비교해 보자.

그 시공간 사이에 천지개벽(天地開闢)이라는

기적을 뜻하는 단어가 자리 잡고 있다.

국민소득이라는 지표로 단순 비교해 보자.

2022년도에 4만 불에 육박하고 있는 데 반해

1953년에는 겨우 67달러라는 아주 초라한 성적으로

아시아 최빈국이었다.

당시 우리나라는 한 국가로서의 존립 자체가 힘든 상황이었다.

남의 나라 도움이나 원조를 받지 않고서는

살아갈 수 없는 최악의 상황에 이른 것이다.

불행하게도 나라의 운명을 결정 짓는

굵직굵직한 대형 사건들이 연이어 터졌기 때문이다.

이제 그 역사적 사건들이 터지게 된 원인 분석과

결과에 대한 전모(全貌)를 하나하나 자세히 살펴보기로 하자.

조선이란 나라가 역사 속으로 사라지면서
그 자리에 36년이란 긴 세월 동안 일본의 식민지로 있던
대한제국이 1945년 8월 15일에 드디어 독립되었다.
그것도 자주독립이 아니라 남의 나라 힘을 빌려서
어부지리의 행운이 찾아온 것이다.
그러는 사이 돈이 될 만한 것은 일본이 모두 수탈해 갔고
남은 것은 빈껍데기뿐이었다.
더욱 뼈아픈 것은 이후로도 국가적 비극이 끊이지 않고
계속되었다는 점이다.
아직도 정신 못 차린 국내 위정자들은
자신들의 정치적 입지만을 위한 이데올로기 싸움에
아까운 국력만 소진했다.
남북 간 지루한 사상 논쟁의 끝이 보이지 않았던 것이다.
결국 북한의 김일성이 침략전쟁을 일으켰던 날이
바로 1950년 6월 25일이다.
그로부터 3년 뒤인 1953년 7월 27일에 체결한 휴전협정으로
그나마 전쟁은 잠시 중단되었다.
그렇다고 비극의 시대가 완전히 끝난 것은 아니었다.
어떻게 하면 잘 사는 나라로 만들어 볼 수 있을까.
이런 생각에 온 국민이 골몰하며
전력투구(全力投球)를 해도 모자랄 판에
남쪽 정치가들은 자신들만을 위한 또 다른 헤게모니 싸움에
밤새는 줄 몰랐던 것이다.

한마디로 국력은 사분오열되고 나라는 지리멸렬하고 있었다.
이것이야 말로 위정자들 스스로가 택한 결과라 아니 할 수 없다.
어느 시대를 막론하고 나라에 망조가 들면
나라 창고에 마지막까지 남아서 곳간을 파먹는 자들이 있다.
정치나 한답시고 네 편 내 편 가르며 당파 싸움에 날새는 줄 몰랐던 정치가들이 바로 그들이다.
이들 모두가 뒷간의 구덕이 같은 존재들이다.
오늘날 김구선생이 더욱 존경받는 이유가 여기에 있다.
그분의 정치 철학은 소인배들과 달리
이데올로기나 헤게모니 다툼에 전혀 눈길을 주지 않았고
오로지 민족과 국가만을 염려하는
큰 정치가로 일관하셨기 때문이다.
정치는 이미 오래 전에 실종되었고
그 혼돈의 시대에 죽어나가는 사람은
돈 없고 빽 없는 불쌍한 시민들뿐이었다.
1950년대 말까지는 굶어 죽은 사람들의 시체를
길거리에서 종종 목격할 수 있었고
특히 겨울철에는 그 수가 더 많았다.

우리나라 역사를 아무리 살펴보아도
부국강병을 이루고 태평성대를 구가하며 살았던 시대는
거의 찾아볼 수가 없다.
항상 외세의 침략에 시달려야 했고

전쟁 없이 평화가 찾아오면 연거푸 흉년이 들거나
수해를 입어 그로 인한 아사자들이 늘어났다.
그렇지 않으면 역병이 돌아 떼죽음을 당하는
악순환이 계속되는 역사였다.
다른 단원에서도 언급된 바 있지만
우리나라는 왜 이웃 강대국들로부터 항상 침략당하고
그들에게 굴종당하며 살아야 했나?
우리 조상들은 왜 그들처럼 역사의 한복판에서
세상을 호령하며 살아보지 못했을까?
역사를 바라보며 이런저런 궁금증이 꼬리에 꼬리를 문다.
우리들 스스로 반만 년 역사라 자랑하고 있지만
자주권을 가진 온전한 나라로 존재했던 시대가
과연 있기나 했나?
울화통이 터진다.
창피하고 부끄럽기까지 하다.
객관적 시각에서 엄중히 따져 보자.
국호를 잃지 않았던 조선 왕조 500년도
완전한 독립국가라기보다는 변방에 있는 중국의 속국이라
보는 것이 보다 정확한 시각이다.
해마다 조공을 바치고 세자 책봉도
그들의 결재를 받아야만 가능했던 나라가
속국이 아니면 무엇이겠나.

광개토대왕이 북만주 대륙을 평정했던
대고구려제국을 제외하고는 3국시대를 비롯해서
남북으로 갈린 오늘날에 이르기까지
강대국이 되어 태평성대를 이루었던 시기가
단 한 번도 있었던가.
편 가르기 좋아하는 백성들이라서 그럴까?
똑똑한 두뇌로 치자면 세계 어느 나라에 비해
결코 뒤지지 않는 민족인데 말이다.
혹자는 나라의 영토가 작고 인구가 적어서
이웃 강대국들의 먹잇감이 될 수밖에 없는
지정학적 운명에 놓여 있기 때문이라 말한다.
얼핏 들으면 그럴싸하다.
그러나 조금만 더 생각해 보면
참 비굴한 변명에 지나지 않는다는 것을 알 수 있다.
저 유럽의 로마 제국이나 대영제국 등
가까운 이웃 나라 일본을 보라.
그들이 땅이 넓고 인구가 많아서
세계를 호령하는 대제국이 되어 번영을 누렸는가?
우리가 가난을 벗어나지 못하고
항상 침략당하고만 살았던 이유는
지정학적 조건이나 인구의 많고 적음이 아니라
결단코 우리 내부에 그 원인이 있음을 알아야 한다.
예를 들자면 오랜 세월에 걸쳐 온 국민이 패배주의에

익숙해져 있었다는 사실이다.
이 점을 가장 큰 원인으로 꼽을 수 있다.
우리는 절대로 강대국이 될 수 없다는 생각과
강대국에 얹혀서 사는 것이 오히려 편하다는
사대주의 사상이 깊이 뿌리를 내리고 있었던 것이다.
그 중심에는 비전도 철학도 없는 군주와
함량 미달의 정치가들이 자리하고 있었다.
좀 더 넓은 시야로 멀리 내다보는 통 큰 정치가가 없었고
우물 안 개구리처럼 코앞의 이익에만 연연하며
잔꾀나 부리는 자들이 오랜 세월
나라를 다스려 왔기 때문으로 분석된다.
사색당파 등 자중질환을 일으키지 않은 때가 없었고
세도가들은 자기 밥그릇 챙기기에만 급급했던 역사다.
부끄럽지만 이것이 우리 역사의 실체다.
우리는 이 점을 뼈아픈 교훈으로 삼아야 한다.
세종대왕이 찬란한 문화의 꽃을 피우고
성군이 될 수 있었던 것도 그 시대에는 첫째로
당파 간 싸움이 없었다.
또한 나라의 에너지를 하나로 모아 미래로 나아갈 수 있는 힘이
국가의 중심에 있었기 때문에 가능했던 것이다.
광개토대왕 같은 대 영웅이 우리나라에
더 이상 배출되지 않은 것도 아쉬운 대목이다.

소시민들은 어느 시대 어느 민족을 막론하고
항상 가난에 내몰려 살아가는 신세라 가장 부실하고
허약한 계층이다.
특히 조선 왕조가 몰락하고 신생국 대한민국으로 탄생한
1950년대 말까지를 가리켜 희망이 전혀 보이지 않는
암흑기라고 말한다.
어둠이 깊어질수록 새벽이 가까이 온다고 했던가.
한 치 앞을 내다볼 수 없는 캄캄한 어둠속에서
걸출한 시대적 영웅이 탄생하는 산고가 시작되고 있었다.
1961년 5월 16일 새벽을 틈타 군사혁명을 일으킨
박정희 장군을 일컬어 이르는 말이다.
그는 혁명군으로 나라의 중심에 우뚝 서서
이후 1980년대 말까지 선진국으로 진입하는
천지개벽의 역사를 거침없이 써내려 간다.
그는 비록 군홧발에 의한 명분 없는 정권으로
정적들과 마찰도 많았지만
이후 30년간 그가 이룩한 경제적 발전은
전 세계가 놀랐고 그 경이로운 결과에
우리들 스스로도 놀랐다.
이는 자타가 공히 인정하고 있는
한강의 기적을 말하는 것이다.
당 시대에는 1940년대와 1950년대생들이
사회활동을 한참 할 수 있는 나이로

산업화를 이루는 데 그들이 중추적 역할을 했을 뿐만 아니라
민족 중흥기의 선봉장 노릇을 했다.
앞서 밝힌 바와 같이 1953년 67달러에 불과했던
국민소득을 4만 불에 육박하는 나라로 만든 이들이
바로 그들이다.

선진국들의 원조에 의지해
겨우 입에 풀칠하던 동방의 아주 작은 나라가
세계 10대 경제 대국으로 성장했으며
세계 6위의 군사대국으로 부상한 것이다.
대한민국이 이렇게 부국강병을 이루었던 때가
역사상 단 한 번이라도 있었던가.
겨우 30년이라는 짧은 기간을 통해 이루어낸 업적으로
세계사에서도 찾아볼 수 없는 대기록이라 한다.
놀라지 않을 수 없다.
다시 언급하지만 이 기적을 일궈낸 주역들이
바로 1940년대생과 1950년대생들인 것이다.
세계 어느 곳에서도 우리나라를
감히 가볍게 여기지 못할 만큼
강대국의 대열에 올려놓았다.
자부심을 느낀다.
그러나 우리는 여기에 만족해선 안 된다.
지금부터는 세계 3위권 이내로

국력을 끌어올리기 위한 노력에
국민 모두의 에너지를 집중해야 한다.
우리가 이룩한 지금까지의 경험을
시금석으로 삼아 정진한다면 우리 세대가 끝나기 전에
그 꿈은 반드시 이루어질 거라 확신한다.
그것은 또한 우리가 UN의 상임이사국이 될 수 있는
발판을 마련하는 길이기도 하다.
지금부터는 그 기적을 일궈내기까지
당 시대 사람들이 얼마나 처절하게 살았는지
그 인생 역정과 고난의 역사를 이야기해 보려 한다.
군사정권이 들어선 1960년대부터 1980년대에 이르기까지
가난을 상징하는 보릿고개를 벗어나지 못하고 있었다.
5천 년 역사를 자랑하는 국가에서
국민 모두가 먹고사는 문제를 해결하지 못하고
아직도 농업에만 의지하고 있었다니
참으로 답답한 노릇이다.
서양에서 산업혁명이 일어난 지가
벌써 200년이 지났는데도 말이다.
더욱 불행한 것은 약간의 가뭄이나 홍수에도
농작물이 모두 유실되는 사태가 매년 발생한다는 것이다.
물을 관리하는 수리 시설이 전무했기 때문이다.
지난 가을에 수확한 양식은 겨울을 나며 바닥이 나고
이번 해에 지은 농작물을 밥상에 올리기 전까지

먹을 것이 없어 굶던 시기를 보릿고개라 한다.
이때가 농민들이 가장 견디기 힘든 시기다.
국가로서는 산업을 일으켜서 부가가치가 높은
생산 활동을 해 보려 해도 그러기 위한 쌈짓돈이 없었고
외자유치를 해 보려 한들 투자할 나라가 없었다.
언제 디폴드(default) 될지도 모를 가난한 나라에
쉽사리 투자할 나라가 없었기 때문이다.
좀 더 솔직히 말하자면
그때까지 정치권에 있는 자들은 모두가
자기 밥그릇 챙기기에만 급급했을 뿐
이 상황을 벗어나 보겠다는
용기도 꿈도 지혜도 없는 자들이었다.
바로 그때 박정희 정권이 들어서서
경제개발 5개년 계획을 세웠고
중화학공업(重化學工業)으로 가기위한 기반 시설
즉 고속도로나 항만 등 인프라 구축에 나선 것이다.
뜻이 있는 곳에 길이 있다는 속담처럼
국가 재건의 길이 조금씩 보이기 시작한 것이다.

우리나라는 천연자원이나 지하자원도 변변한 것이 없고
쌈짓돈을 마련키 위해 가용할 수 있는 수단이라고는
오직 남아도는 풍부한 인력자원 뿐이었다.
그 첫 시도가 1963년부터 1970년까지

서독의 광산으로 팔려나간 광부와 간호사들의
달러 벌이 인력수출이었다.
그것이 경부고속도로 건설의 종자돈이 된 것이다.
1968년 2월 1일에 건설의 첫 삽을 뜨기 시작해서
1970년 2월 7일에 완공될 때까지
단 2년이란 단기간에 그 일을 해치웠다.
비용절감이라는 목표도 있었지만
그만큼 선진국을 향한 목마름도 컸다고 보아야 겠다.
당시 광부로 팔려나간 사람들의 학력이
고등학교 졸업자 이상 이었다고 하니
우리나라 산업구조의 열악함이 얼마나 미미했는지를
가늠해 볼 수 있는 대목이다.
1964년 12월 대통령 내외가 그들을 위로차
서독을 방문하여 위문공연을 하는 도중
아리랑이 흘러나오자
가난한 나라의 서러움이 한꺼번에 붇받쳐 올라
대통령을 비롯한 모든 참석자들이 서로 부둥켜안고
대성통곡을 하며 펑펑 울었다고 한다.
배석했던 서독 총리도 그 모습에 감격한 나머지
눈시울을 붉혔다는 일화가 있다.
또한 1964년 9월부터 베트남전에 파병된
맹호부대와 청룡부대 병사들의 젊은 목숨을 팔아서
벌어들인 피 같은 돈이 있었기에 가능했던 것이다.

언제 죽을지 모르는 전쟁터로 가는 길이었지만
지원자들이 너무 많아서 빽을 써야만 될 정도였다고 한다.
국내에서는 그만큼 일할 곳이 없었다는 반증이기도 하다.
돈벌이가 되는 것이라면 목숨의 위험도 불사할 만큼
그 욕구가 아주 대단했던 것이다.

우리나라 산업화의 1번지라 할 수 있는 포항제철은
1968년 4월 1일에 착공했다.
영일만 허허벌판 모래사장 위에
그야말로 무에서 유를 창조해낸 국가적인 대사업이었다.
처음에는 공장 건설비가 전무한 상태였다고 한다.
그 자금 마련도 1965년에 체결된 한일협정을 통해서
일본으로부터 받아낸 자금이 있었기에 가능한 일이었다.
일본의 신민통치 시절 강재 징용으로
일본에 끌려가 일하면서 미처 지급 받지 못한
우리 국민들의 노동 수당을 국가가 대신 받아낸 돈이었다.
여기서 주목해야 할 것은
포항제철의 설립자 박태준이라는 인물이다.
그 사람이 아니었으면 지금의 포스코로 진화한
포철은 이 세상에 없을 거라고 대부분의 사람들이 말한다.
그 시대는 부정부패가 아주 심했던 때라서
다른 사람이 그 자리를 차지하고 있었다면
십중팔구 부실기업으로 전락했을 거라는 것이다.

당시 대부분의 임명직 사장들은 주어진 일에는

관심을 두지 않고 잠시 머물다 떠나는 자리로 인식했으며

시설자금은 이리저리 빼돌려져서

정치자금이나 자기 스팩을 구축하는 데

소진하는 사례가 많았다고 한다.

하지만 그 사람은 달랐다.

언제나 올곧고 근면 성실한 성격으로 정평이 나 있는

사람이었다 한다.

또한 그는 항상 현장을 떠나지 않았다고 한다.

문제가 생기면 간부들에게 떠넘기지 않고

본인이 직접 현장에 뛰어들어

해결 방법을 찾아내는 해결사 역할을 했다는 것이다.

집념으로 일관한 그의 성공 신화가

그를 철의 남자로 불리우는 계기가 되었고

산업의 쌀이라 일컫는 철강 업계에서 독보적인 존재로

남게 된다.

그렇게 1960년대를 시작으로 1980년대 말까지

약 40년에 걸쳐 산업화를 이루어가는 시기다.

이 시기를 항공기가 지표면에서 하늘로 비상하기 시작하는

도약 단계라 말한다.

그 과정에서 1940년대와 1950년대생들은

꽃다운 청춘을 모두 국가 재건사업에 바쳤다.

그들은 동시대에 태어났다는 이유만으로

국가 재건이라는 시대적 요청에 산업 전사로서의 역할을
충직하게 감당해냈던 것이다.

1970년대만 하더라도 서구 유럽 국가에서는
승용차를 개개인이 소유하고 있다는 얘기를 들으면
부러움을 넘어 거짓말처럼 들렸다.
우리나라에서 포니라는 모델의 승용차가
1975년에 처음으로 생산되었으니 꿈같은 얘기일 수밖에 없다.
그때까지도 우리나라 서민들의 주머니 속은
찬바람이 불었고 배가 고파서 허기를 면하지 못했다.
이를 가늠해 볼 수 있는 대형 사건이
1987년 서울 한복판 청계천에서 발생한
전태일 분신 사건이다.
한국 노동운동사에서 대 변혁을 주도한 사건으로 간주된다.
그가 분신이란 극단적인 표현 방법으로
세상을 향해 구하고자 했던 외침은
노동자들의 기본권에 관한 아주 작은 요구였다.
말하자면 밤을 새워가며 아무리 열심히 일을 해도
생활은 더욱 팍팍해지고 빚만 늘어나는 현실을
고발하기 위한 것이었다.
이후 2000년대까지 약 20년 동안 한국의 경제는
고도 성장기에 이른다.
오늘날의 대한민국을 만든 황금기가

바로 이 시기다.

지금까지는 반도체나 중화학 공업이
우리나라 경제를 견인해 왔지만
앞으로의 먹거리는 미래 산업이라 할 수 있는
초전도체나 바이오 의료산업의 기술력을
얼마나 먼저 선점하느냐에 달려 있다.
초일류국가가 되느냐 마느냐 하는
대한민국의 운명이 여기에 달려있다는 것이다.
그 시기는 향후 30년 내외가 될 것으로 예측된다.
아주 흥분되는 대목이다.

지금까지는 한 나라 국경선을 영토나 영해로 구분해 왔지만
미래사회는 그런 획일적인 방법으로
구분하지 않을 것으로 예상한다.
다시 말해, 미래 세계는 기존의 영토개념을 뛰어넘어
새로운 발상의 국경선과 국가관을 갖는
시대가 온다는 것이다.
예를 들자면 대한민국의 경제나 문화권에
완전히 흡수된 나라가 있다고 치자.
정치적으로는 독립국가라 해도
그 나라 역시 내용은 대한민국이라는 이론이다.
요즘 세계 각처의 젊은이들이 열광하는

뮤직 K컬처(culture)가 이를 잘 대변해 주고 있다.
따라서 이제부터는 음악뿐만 아니라
기타 여러 분야에서도 그와 같이
우리의 영역을 넓혀 간다면
그 역시 대한민국의 세계화를 이루는 길이다.

지금부터는 지난 반세기에 걸친
작가의 개인사에 대해 추억해 보자.
저자도 그 지난했던 천지개벽의 시대를
정면으로 관통하며 살았던 사람 중 하나다.
인생이라는 길 위에서 직접 부딪치고 경험하며
격동의 이 시대와 함께 했다는 것이다.
젊었을 때는 자신의 기구한 삶에 대해 원망도 많이 했다.
왜 하필이면 이렇게 어려운 시대에 태어나서
이토록 힘들고 험한 삶을 살아야 하나.
지지리도 복이 없는 놈이다.
이런 생각을 하며 자책했던 것이다.
그러나 이 모두 지나간 추억이 되고 보니
젊었을 때 생각이 틀렸다는 것을 알게 되었다.
긍정적 측면에서 이 시대를 바라보자면
반만년 역사에 걸쳐 선조들이 끝내 이루지 못했던 꿈에
도전해 볼 수 있는 기회가 우리 세대에게 주어졌고
그 꿈을 한강의 기적이라 자랑할 만큼

성공적으로 이루어 냈다는 점에서
이 시대 사람인 것이 자랑스럽기도 하거니와
행운아라는 생각마저 들었다.
이 시대 사람이 아니었다면 역사에서 보듯이
찌든 가난과 궁핍한 생활을 벗어나지 못한 채
평생을 불쌍하게 살다 죽었을 것이다.
역사 속의 그들은 오늘날과 같이 액티브(active)하며
칼라풀(colorful)한 대한민국은 아마 상상도 못했을 것이다.
그들에 비해 우리가 얼마나 좋은 시대에 태어났는지를
뒤늦게 알았다는 뜻이다.
미래에 태어났더라도 마찬가지였을 것이다.
우리는 가난에 진저리 쳤던 시절을 살아봤다.
그리고 고도성장을 하며 천지개벽을 이룬 오늘날까지
그 짧은 기간에 너무 많은 것을 배우며 경험했다.
따라서 미래 세대의 그 어느 누구보다
그 짜릿한 성취감과 행복감을 많이 느낄 수 있었다는 점이다.
새로운 도전이란 본시 두려움과 설렘이
함께 동반하는 것이 아닌가.
이 두 가지를 원 없이 경험해 본 세대다.
다시 말해서 미래 세대는 뼈저린 가난을 겪어 보지 못했기에
오늘날의 풍요를 풍요로 느끼지 못하고
당연한 것이라 여길 것이 분명하다.
그들이 느끼고 있는 감사나 희열은

우리가 느끼는 정서와 많은 차이가 있을 거라는 점이다.
결론적으로 말해서 이 시대 사람들은
허리가 휘도록 지독하게 일을 했지만
그에 대한 충분한 대가와 보상을 받고 즐겁게 살아가는
시대적 행운아들이라는 것이다.

우리가 젊었을 때는 피가 나도록 장도리로
머리를 맞아 가며 기술을 배워야 했고
노동현장에서는 주야간이 따로 없었다.
공장도 24시간 풀가동하며 쉬는 날 없이
일을 해야만 했다.
이토록 고된 생활을 하면서도 불평 한마디 할 줄 몰랐고
오히려 그런 것을 당연하다 여겼으며
그나마 일할 수 있어서 행복하다고 생각했다.
그렇게 해서 만들어 낸 오늘날의 자랑스런 대한민국이다.
똥구멍이 찢어지게 가난했던 시대를 살아봤기 때문에
너무 감사하는 마음으로 이 풍요로운 시대를
행복해 하며 살고 있는 것이다.
유소년 시절 나는 하늘만 빤히 보이는 벽촌에서 태어났고
그곳에서 어린 시절을 보냈다.
희망이란 그 어느 곳에서도 찾아볼 수 없고
문화란 단어는 입에 담기조차 사치스러울 만큼
아주 외진 시골이었다.

이미 밝힌바와 같이 내가 태어나던 해에 6 · 25사변이 터졌다.

얼마 후 휴전으로 민주정부가 들어서서

이제 한숨 좀 돌리려나 했는데

무능한 정치인들이 서로 잘났다고 싸움질만 하는 바람에

이것이 쿠데타를 일으키는 빌미로 작용했다.

이를 이름 하여 5 · 16군사혁명이라 한다.

이것은 결국 군사독재로 향하는 신호탄이 되었고

민주정치를 후퇴시키는 부정적 결과를 가져온다.

하지만 경제분야에서는 전인미답(前人未踏)의 대기록으로

선진국 대열에 들어서는 위업을 남기게 된다.

이렇게 군부가 흐트러진 사회 질서를 회복시키고

바닥까지 내려간 경제를 다시 일으켜 세우는 사이

먹을 것이 없어서 거리에 나앉는 사람들은

오히려 늘어만 갔다.

가난은 나라님도 구제할 수 없다는

우리네 속담처럼 당시에는 정말 그랬다.

나와 함께 태어난 1950년대생들은

1980년대에 이르기까지 근 40년 동안

이 가난의 계곡을 벗어나기 위한 노력에

삶의 모든 것을 다 바쳐야했다.

특히 우리 가족은 형님의 잘못된 방탕생활 때문에

가세가 기울어 이중고를 겪는 시기이기도 하다.

꽃피는 봄날이 와야 할 시기에
가난이란 쓰나미가 한순간에 몰려와
한 가정을 통째로 휩쓸고 지나간 것이다.

전쟁으로 인한 정치적 혼돈 속에서
무너져 내린 가정을 다세 일으켜 세우기란
결코 쉬운 일이 아니었다.
때로는 시류와 타협해야 했고 비굴하게 살아야 했던
가슴 시린 추억도 있다.
가난한 살림에 식솔들을 먹여 살려야 하는
가장이란 자리는 자존심이나 체면도 염체도
접어야 했던 것이다.
먹고살기 위한 일이라면 무엇이든 마다 않고
달려들었다.

한때는 오일 머니를 벌기위해 중동국들에
건설 노동자로 수많은 한국인들이 진출한 적이 있다.
이때 그들 나라 매스컴에서
“저기 한국인이 몰려온다.”란 제목으로
사회적 파장을 크게 일으킨 적도 있다고 한다.
모래사막의 불볕 더위를 마다 않고
벌떼처럼 달려드는 한국인들이
그들에겐 아주 인상적으로 보였을 뿐만 아니라

한편으로 두렵기까지 했다는 뜻으로 해석된다.

달러 벌이가 되는 것이라면 물불을 가리지 않았던 것이다.

당시에는 노동 환경이나 일당의 많고 적음을

따질 때가 아니었다.

우리에겐 오직 오일 머니가 그만큼 간절했던 것이다.

아시아 최빈국에서 세계 10대 경제 대국으로

급부상하기까지 그 고난의 역사는 그냥 하늘에서

뚝 떨어진 횡재가 아니었다.

그 잔인하고 혹독한 자연 환경과 싸워야 했으며

취약한 노동 환경이나 조건에 대해

탓할 여유조차 우리에겐 없었다.

온몸을 내던져 일할 수 있다는 것만으로도

오직 감사할 뿐이었다.

그들이 바로 오늘날의 화려한 대한민국을 만든

주역이자 한강의 기적을 이룬 1등 공신들이다.

51

우리나라 미래 먹거리는?

오늘날 대한민국이 세계 10위권 경제 대국으로
진입하는 과정에서 효자 노릇을 가장 많이 한
종목을 꼽으라면 우선 중화학 공업의 발전을
들지 않을 수 없다.
그들 중에서도 삼성의 반도체 산업이
효자 중의 효자라 하겠다.

기술 경쟁력 면에서 1등과 2등과의 순위는 겨우 한 등급 차이지만
세계 시장을 지배하는 판매와 소득 측면에서는
하늘과 땅 차이만큼 그 간극이 크다고 한다.
우리나라는 다행스럽게도 메모리 반도체 분야에서
추종을 불허하는 기술력으로 세계 시장을 석권하고 있다.
그런 까닭에 대한민국 국민들이 오늘 날 배불리 먹고
문화생활을 즐기며 여유롭게 살고 있는 것이다.
하지만 이 여유 있는 생활이 언제 까지 계속될 것인가?
걱정되지 않을 수 없다.

미래 학자들은 이점에 관해 제각기 다른
여러 해답을 내놓고 있다.
그러나 왠지 불안한 마음은 어쩔 수 없는 것 같다.

과연 어떤 먹거리가 다음 세대에도 세계 시장을 선도하며
우리의 삶을 살찌우게 할 것인가?
대한민국이 초일류국가로 진입하기 위한 길 위에는
뛰어넘어야 할 수많은 허들이 놓여 있다는 것이다.
이들을 국민 모두의 지혜를 모아, 다 함께 뛰어넘어야 한다.
문제는 지금까지 해 왔던 기존의 방식대로는
그 해법을 찾기가 매우 어렵다.
따라서 진정한 혁신과 혁명적인 마인드로
세상과 마주서지 않으면 안 된다.
다시 말해서 온 국민 모두가 허리띠를 질끈 조여 매고
정신을 바짝 차려야 한다는 것이다.
그렇게 하지 않으면 새로운 돌파구를 찾을 수 없기 때문이다.

현재 시점에서 유망한 미래 산업을 손꼽아 보라면
에너지, 바이오, 탄소중립, 방위산업, 우주항공,
인공지능 등을 들 수 있는데
이들 종목은 오늘날 선진국이라 자처하는 나라들이
눈에 불을 켜고 연구에 몰두하고 있는 분야다.
그렇다면 우리도 우리 민족만이 가지고 있는

특성과 소질을 살려서

남보다 잘할 수 있는 분야가 무엇이 있는지를 찾아

우선순위를 정하고 그것부터 시작하는 것이 순서일 것이다.

반도체 분야처럼 최고의 기술력으로

세계를 압도할 수 있는 그 무엇인가에 대해서 말이다.

이미 예시한 미래 산업들 중

학자들이 공통적으로 기대하는 산업 중 하나가

에너지 분야에 속하는 초전도체 개발에 따른 상용화 사업이다

저자도 이 선택에는 100% 동의한다.

우리나라가 국운을 걸고 연구해야 할 만큼

집중적인 투자를 아끼지 말아야 할 RND 분야라 하겠다.

이 분야에서도 메모리 반도체처럼

세계 1위의 기술력을 확보하게 된다면

초일류국가가 되는 것은 시간문제다.

향후 50년 아니 100년 동안

우리나라 국민 먹거리로 오래도록

효자 노릇을 할 것으로 기대되기 때문이다.

우리 대한민국이 초일류국가가 되면 무엇이 달라질까

가슴이 벅차오르며 설레는 대목이다.

여러 부분에서 많은 변화가 있겠지만

예측해 볼 수 있는 가장 큰 변화로는

다음과 같은 것들을 상상해 보는 것도 즐거운 일이다.

우선 국방 분야를 보자면
항공모함과 그 전단이 동해와 서해에 배치되어
우리의 영해를 수호하게 될 것이며
또 하나의 기대로는 인도차이나 반도 부근에 있는
제주도만 한 크기의 섬을 사들여 영토를 확장시키는 일이다.
미국이 소련으로부터 알래스카를 매입했던 것처럼 말이다.
어떤 자는 이렇게 말하는 작가를 가리켜
증세가 아주 심한 과대망상증에 걸렸다며 비웃을지도 모르겠다.
그렇다면 난 그런 사람들에게 이런 질문을 하고 싶다.
조선 시대에 살았던 우리 선배들과
오늘 날 대한민국의 국력을 논했다면
그들 역시 꿈같은 얘기라며, 그를 미친 사람이라 했을 것이다.
그렇다.
꿈은 그 꿈을 꾸고 있는 자만의 것이다.

그럼 초전도체란 무엇이기에 미래 인류를 구원하게 될
최고의 먹거리란 말인가?
독자들과 함께 잠시 배워 보는 시간을 갖자.
“전기가 잘 통하는 물질로 일정한 온도 이하가 되면
전기 저항이 제로가 되는 상태”를 말한다.
더 자세히 말해서 -273도(절대영도)가 되면 자연적으로
전기 저항이 제로가 되는 물리적 현상을 말하는 것이다.
쉬운 예를 들어 보기로 하자.

볼링장에서 공을 던졌을 때, 공기 저항이 전혀 없고

바닥과의 마찰 저항도 전혀 없는 진공 상태가 된다면

공은 한없이 굴러갈 것이다.

이와 같이 상온에서도 전기 저항이 제로인 상태를

유지 할 수 있다면, 전기의 생산 및 소비 단가가

혁명적으로 개선되기 때문에

가정 및 산업 전반에 걸쳐 엄청난 변화가 온다는 것이다.

경제에 미치는 위력이 제3의 산업혁명이라 할 만큼

전 세계를 뒤엎을 거란 예측이다.

그 이유로는 전기 사용량이 문명사회의 척도가 될 만큼

전기는 우리 사회의 절대적 가치로 이미 자리 잡고 있다.

이를테면 산업과 가정 및 개인 등

그 사용처가 무궁무진하다는 것이다.

문명과 문화가 발달하면 할수록

그 사용량은 계속 늘어날 수밖에 없는 구조로

이 사회가 벌전되어 왔기 때문이다.

다시 말해 현대 사회에서 전기를 빼놓고는

잠시도 견딜 수 없을 만큼 그 사용범위가 방대하다.

수해로 인한 전기 단절로 에어컨이나 냉장고 등 가동이 불가할 때

그로 인한 2차적 재산 피해가 엄청나게 크다는 것은

이미 경험을 통해서 알고 있는 사실이다.

핸드폰이나 자동차들도 전기 없이는 사용할 수 없으니

그 불편함은 상상을 초월한다.

도시 전체는 당장 마비되고 사회는 혼돈에 빠지고 말 것이다.
따라서 미래 사회는 초전도체의 사용화를
어느 나라가 먼저 거머쥐느냐가
세계 경제를 선도하는 나라가 될 것으로 본다.
얼마 전까지만 해도 과학계에서는 이 문제를 불가능의 영역이라 했다.
그만큼 해결하기 어려운 문제이기에
과학 선진국들도 쉽게 답을 내놓지 못하고 있는 것이다.
지금은 그에 대한 연구가 초보적 단계이므로
상용화가 되기까지는 앞으로 30년
혹은 50년이 더 걸릴지도 모를 일이다.
그나마 반가운 소식은 우리나라 연구진이
세계 어느 나라보다 그 해답에 가장 가까이 접근해 있다고 하니
다행스런 일이라 아니 할 수 없다.
그들에게 큰 박수와 응원을 보낸다.

52

개똥철학과 인생

이 책을 마무리 지으며
인생이란 무엇인가?
인류가 찾고자 하는 이 영원한 화두에
작가의 생각을 독자들과 함께 논해 보고자 한다.
작가도 이제 칠십 령 고개를 넘어서고 보니
지난날의 회한이 가슴 시리도록 사무쳐 온다.
인생이 과연 무엇이길래
이토록 아쉬움만 가득 남는 것일까?
하는 후회와 함께, 인생에 대한 근본적인 질문과
정면으로 마주 서 본다.

인간 역사가 시작되면서 지금까지 수많은 사람들
특히 인문학자, 철학자, 종교인들은
평생 동안 고행 수도 해가며 이에 대한 답을 찾고자
그들 스스로 구도의 길을 걸어왔다.

생물학적 시각에서 보자면
사람이 태어나서 죽을 때까지의 과정을 인생이라 할 수 있다.
이를 모를 사람이 어디 있겠나.
우리가 알고자 하는 것은 이와 같은 종류의 답이 아니고
인생이란 과연 어떤 것(의미)이며
어떻게 사는 것이 옳고 후회 없는 삶인가?
이 진리를 깨닫고자 함일 것이다.
시인이 노래하는 것처럼
낭만적이며 추상적인 답을 찾고자 하는 것이 아니다.
의사가 환자의 신체를 해부하듯
핀셋으로 하나씩 하나씩 정교하게 짚어가며
가능한 인생철학과 인생 공학적 측면에서 알아보자는 것이다.

인생에는 무슨 의미가 있을까?
이렇게 질문을 바꾸어 보자.
인생에 대한 의미?
그것은 사람마다 다를 것이다.
왜냐하면 살아가는 방법이 사람마다 천태만상(千態萬象)이듯
그 삶에 대한 의미 부여도 또한 다양할 수밖에 없을 것 같다.
몇 가지 예를 들어 보자.
종교인은 어떻게 하면 신에 가까이 다가갈 수 있을까?,
그것이 삶의 목적이자 의미 부여가 될 것이고
어부는 어떻게 하면 더 많은 고기를 낚아서

가족을 배불리 먹이고 행복하게 살 것인가?
그것이 지상 최대의 낙이자 사는 의미일 것이다.
농부는 한 해 농사가 풍년이 되어서
온 가족이 행복하고 무해무탈(無害無頉)하게 사는 것이
그들의 목표이자 사는 의미라 할 수 있을 것이다.
또한 사기꾼들은 어떻게 하면 남들을 잘 속여서
나름의 삶을 즐길 수 있을 것인가.
하는 것이 그들이 사는 의미가 될 수도 있다.
어떤 인생은 억지로 죽을 수도, 그럴 필요도 없이
목숨이 붙어 있는 한 하루하루를 무기력하게
그저 세월에 이끌려 살아가는 사람들도 있을 것이다.
그들에게서 무슨 삶의 목적과 의미가 있을까?
얼핏 이렇게 생각할 수도 있겠으나
그들에게서도 죽지 않으려는 강한 생명 유지 본능이
무의식 속에 작동하고 있는 것이다.
다시 말해 살고자 하는 원초적 본능이 있다는 것이다.
이렇듯 사람들은 제각기 다른 곳을 바라보면서
나름의 의미 부여를 해 가며 살아가고 있는 것이다.

인생에 의미 부여를 하기 위해서는
무엇을 어떻게 해야 하나?
사람들은 태어나서 죽을 때까지
이루고자 하는 것 즉 하고 싶은 것, 되고 싶은 것 등

그들 나름의 희망 사항 즉 소원이 있고
그 꿈을 좇아서 치열하게 살다가 죽는다.
몹쓸 병에 걸려 당장 죽어가는 사람에게도 원하는 것이 있다.
통증이 너무 심해서 빨리 죽게 해달라는 것이
어쩌면 그의 마지막 소원일 수도 있다.
이렇게 사람은 죽음 직전에까지 소망하는 것들이 있으며
그 끈을 놓지 않고 있다.
아니 놓을 수 없다는 것이 좀 더 정확한 표현일 것이다.
바로 이러한 것들(이루고자 하는 것들)이
삶에 의미를 부여하는(인생에 생명력을 불어 넣는 일) 일들이고
이루고자 하는 목표 즉 꿈을 달성하기 위해 노력하는 과정이
바로 인생이라는 것이다.
반대로 말하자면 의미가 없는 삶 즉 이루고자 하는 꿈이나
생명력이 없는 인생은 육신은 살아 있으되 정신적으로는
이미 죽은 것과 다름없다.
따라서 이 의미 있는 인생 속에 흥망성쇠(興亡盛衰)가 있고
인간의 희로애락(喜怒哀樂)과 생로병사(生老病死)가 모두 녹아들어 있다.
때문에 사람은 오늘도 저마다 삶의 현장에서
치열하게 나름의 인생을 살고 있는 것이다.

이들 천태만상의 삶 속에서도
모든 인생을 아우를 수 있는 의미는 없을까?
그 공통분모에 해당하는 것들을 찾아보자.

그것이 답일 수도 있기 때문이다.

그 첫째가 자기 DNA를 남기고자 하는 원초적 종족번식 본능이다.

이것은 모든 동식물을 포함해 다 존재한다.

그 외의 것으로는 행복을 들지 않을 수 없다.

행복을 원치 않는 사람도 있을까?

그러나 이것은 인간이 어떠한 목표 즉 꿈을 달성했을 때

그로부터 간접적으로 얻어지는 감정일 뿐

그 자체가 직접적인 목표가 될 수 없다.

다시 말해 행복의 조건들이 갖추어졌을 때

비로소 행복해진다는 것이다.

좀 더 구체적으로 말해서, 본인이 원하는 어떠한 목표를 달성 했을 때

2차적으로 느끼는 감정이라는 것이다.

앞서 말했듯 이 세상 모든 사람들의 삶이 서로 다르며

그 삶이 주는 의미가 서로 다르기 때문에

인생을 한마디로 정의한다는 것은 매우 어려운 일이다.

어지러운 세상에 나가 영웅호걸이 된 사람

속세에 묻혀서 밭을 일구며 한 평생을 조용히 보내는 사람

아니면 깡패나 도둑놈처럼 다른 사람에게 피해를 주어야만

자기 삶이 유지되는 사람

이 모든 사람들이 그들 나름대로 인생에 대한 의미가 있다는 것이다.

이제는 반대로 질문해 보자.

그럼 의미 없는 인생은 무엇인가?

앞서 언급한 대로 그것은 두말할 것 없이 개나 돼지 같은 삶이다.

한마디로 인생이라 볼 수 없다는 것이다.

아무 생각도 의식도 없는 환자처럼 병석에 누워서

단지 숨만 쉬고 있는 상태를 말한다.

이런 환자를 향해서 사람들은 대부분 이렇게 말한다.

"환자가 들으면 서운할지 모르겠으나 차라리 죽는 편이 낫지

저렇게 살아 봤자 무슨 의미가 있겠어."

그렇다.

인생에는 반드시 의미가 있어야 한다.

이 말은 육체는 살아 있되 숨만 쉬고 있을 뿐 인생이 아니라는 것이다.

나아가 얼마나 값진 의미를 가진 목표를 정하고

그 꿈을 달성했느냐에 따라

그 인생이 얼마나 성공했는지를 결정 짓는 가늠자가 되며

후세 사람들에게 이름을 남기고 추앙받는 인생이 되기도 한다.

따라서 어떻게 하면 가장 의미 있는 인생을 살 수 있을까?

하는 것이 모든 사람들이 이루고자 하는 꿈이다.

정치가는 권력을 잡아서 천하를 손아귀에 넣고 자기의 뜻을 크게 펼쳐

후세에 이름을 남기겠다는 것이 그들의 꿈일 것이고

사업가는 돈을 많이 벌어 회사를 번창시키는 일일 것이다.

이 점에 대해서는 철학자들이라고 해서 별반 다를 것이 없다.

그들이 추구하는 인생에 대한 본질적인 질문도

결국 이에 대한 자기 성찰이기 때문이다.
그들도 바로 이 깨달음을 통해서 삶에 대한 진정한 의미를
찾고자 고민한다는 것이다.
여기서 우리는 어떤 꿈을 꾸느냐와 인생의 의미가
같은 지점을 지향하고 있다는 사실을 알 수 있다.
다시 말해서 꿈이 있고 그 꿈을 실천하는 곳에
그에 걸맞는 의미가 부여되며
꿈이 없으면 그것이 바로 의미 없는 인생이라는 것이다.

사람이 동물처럼 본능에 의해서만 행동한다면
그것을 어찌 인생이라 할 수 있겠나.
그렇다면 인간이 동물과 다르다는 점
바로 그 부분에서 인생에 대한 새로운 답을 찾을 수 있지 않을까.
하는 생각이 든다.
그 부분을 들여다보자.
동물은 본능에 의해서만 행동하는 데 반해
사람은 이성이 있고 생각하는 동물이다.
때문에 사람들의 행동에는 뜻하는바 이루고자 하는 것 즉 꿈이
반드시 수반된다.
이것은 사람이 이성를 가진 생각하는 동물이기 때문에 그렇다.
어떻게 하면 원하는 것을 쉽게 얻고 행복해질 수 있을까?
평생 동안 이 생각을 끊임없이 반복하며 살아가는 것이 인간이다.
그러는 과정에서 고생만 하다 뜻을 이루지 못한 채

죽는 경우도 허다하게 많다.
그래서 어떤 이들은 인생을 고행(苦行)에 비유하기도 한다.
다시 말해, 인간은 하나의 목적을 이루면 또 다른 목적을 향해
끊임없이 고행의 길을 떠나야 하는
유랑자와 같은 운명이라는 것이다.
이 현상은 사람이 생각하는 동물이기 때문에 그런 것이며
인간에게 피할 수 없는 숙명과도 같은 것이다.
그래서 인생은 신기류와 같이 끝도 없는 목적지를 향해 떠도는
나그네라 하는가 보다.

"네 자신을 알라."라고 한 소크라테스의 일갈도
"주접 떨지 말고 분수에 맞게 행동하라.
그것이 바로 너에게 주어진 인생이며
네가 살아가야 할 길이다."
풀이하자면 대충 이런 뜻이다.
그러니까 소크라테스의 이 말도 결국은
"자신을 성찰해 가는 과정이 인생이다."라는 말을 에둘러
하고 싶었던 것 같다.
작가는 그런 뜻으로 그의 인생론을 바라본다.

인생이란 무엇인가.
이것을 과거와 미래라는 시공간으로 나누어 생각해 보자.
지나간 것은 이미 돌이킬 수 없는 일이기에

어쩔 수 없이 살아야 했던 운명이라 해두자.

다시 말해, 지나간 인생은 주어진 운명이며

다가올 미래는 이루고자 하는 꿈이다.

바꾸어 말해서 꿈을 찾아가는 행위가 인생이라는 것이다.

인생이라는 하나의 얼굴에도 보는 시차에 따라

이렇게 서로 다른 것이다.

좀 더 구체적으로 논해 보자.

다가올 미래의 인생이란?

이루고자 하는 것 즉 원하는 것, 바라는 것, 기대하는 것,

하고 싶은 것, 갖고 싶은 것, 되고 싶은 것, 등을

완성해 가는 행위를 말하며

이를 다른 말로 인생에 대한 의미 부여라 한다.

지금까지 여러 가지 예를 들며 분야별로 인생이란 답을 찾아보았다.

다시 정리하자면

인생은 반드시 의미 있는 삶이라야 하고

그 부여된 의미 즉 꿈을 완성해가는 행위가 뒤따라야 한다.

다시 말해 원하는 것을 이루기 위해 치열하게 살다 결국 죽음에 이르는 것.

이것이 인생이라는 것이다.

그러고 보면 참으로 허망한 것이 인생이다.

그래서일까,

수많은 시인 묵자(墨者)들이 인생을 이렇게 노래했다.

깊은 잠에서 깬 허망한 꿈이며

취해 마시는 한 잔의 술과 같은 거라고.

이제까지는 일반론적 인생에 관해서 논해 본 것이다.
지금부터는 작가가 살아온 인생에 대해 이야기해 보자.
나는 어떻게 살았으며 내 삶이 주는 의미는 과연 무엇인가?
학창 시절 나의 꿈은 문지방도 넘지 못한 채
그야말로 허망하게 조기에 막을 내렸다.
그 때문이었던가.
청춘 시절 한동안은 이리저리 방황하면서
출구를 찾지 못한 채 허둥대던 때도 있었다.
결혼하고 가정을 가지면서부터는 가장이라는 책임감에
정신이 번쩍 들었다.
그때부터 오늘에 이르기까지 평생을 하루같이 최선을 다하며
살아온 인생이다.
그렇게 미친 듯이 살다 보니 어느덧 칠십 령 고개를 넘어서고 있는
나 자신을 발견한 것이다.
그 세월을 어떻게 살았는지 기억조차 없을 정도로
세월은 쏜살같이 지나가 버렸고, 이제 내게 남은 것이라고는
거울 속에 비친 초라한 내 모습뿐이다.
처자식 먹여 살려야 한다는 막중한 책임감 하나로
오로지 일에만 빠져 살아온 세월이다.
한평생 살면서 오직 내 앞에 놓인 일에만 집중했고
요행수나 횡재 같은 것에는 아예 꿈도 꾸지 않았다.

남들은 이와 같은 나를 가리켜 앞뒤가 딱 막히고
융통성 없는 사람이라며 아주 고지식하다 했을 것이다.
살아오면서 언제나 원칙을 앞세웠고
술수나 임기응변(臨機應變)에 능하지 못한 탓에
큰 사업가가 되지 못했을는지도 모르겠다.

소시민으로 살아가는 대부분의 가장들은
나와 같은 인생을 살았을 것으로 짐작된다.
따라서 지나간 내 인생에 의미를 부여한다면
오로지 내 가정을 지켜야 한다는 책임감으로 일관해 온 삶이었다고
감히 말하겠다.
따지고 보면 가장 노릇하는 평범한 소시민들로서는
이것보다 더 소중한 의미가 또 있을까.
하는 생각마저 든다.
자칭 사내대장부라 하며 중원에 나가서
뜻을 크게 펴보지 못한 것이 몹시 아쉽기도 하지만
평생 한 촌부의 가장으로 그 역할을 다한 것에 감사한다.
이것이 내 인생에 대한 자평이자 나의 개똥철학이다.

독자분들께 작별을 고하며

저자의 인생사 모두를 이 한 권의 책에 담았습니다.

한 인간의 과거사 그 양지와 음지를 두루 넘나들며

함께 추억 해 주신 당신에게 감사의 말씀 올립니다.

마지막 작별 인사는 다음의 시 한 수로 대신하렵니다.

속절없이 흐르는 세월을 낚아

문지방 처마 끝에 매달아 놓고,

이제는 내 인생의 1등 항해사가 되어

새로운 희망봉을 찾아 마지막 여행을 떠나야겠다.

여행은 언제나 벅찬 설렘으로 나를 흥분시킨다.

떠도는 구름 저 바람 따라

초판 1쇄 발행 2024년 9월 5일

지은이 박한식
펴낸이 이기봉
편집 좋은땅 편집팀
펴낸곳 도서출판 좋은땅
주소 서울특별시 마포구 양화로12길 26 지월드빌딩 (서교동 395-7)
전화 02)374-8616~7
팩스 02)374-8614
이메일 gworldbook@naver.com
홈페이지 www.g-world.co.kr

ISBN 979-11-388-3457-5 (03810)

• 가격은 뒤표지에 있습니다.

• 파본은 구입하신 서점에서 교환해 드립니다.